MORDRE LE CIEL

Couverture : photographie de fond
Joël Brodsky

www.editions.flammarion.com

GUDULE

MORDRE LE CIEL

Flammarion

Death makes angels of us all
and gives us shoulders as ravens claws.
« La mort fait de nous tous des anges
et s'accroche à nos épaules avec ses griffes de corbeau. »
Jim Morrison

PROLOGUE

Il a sauté. Cyril a sauté. En étendant ses bras comme des ailes, largement. Sept étages plus bas, il y avait la rue. Une rue de dimanche matin, quasiment vide : des passants désœuvrés, quelques clients sortant de la boulangerie, à peine deux trois voitures. Et une lumière grise de printemps urbain.

Il a sauté. Juste avant, il avait marqué sur le mur du grenier ces vers de Bob Marley :

Open your eyes and look within'
Are you satisfied with the life you livin' ? *

au feutre bleu, d'une jolie écriture soignée, et signée de son pseudo préféré : Jimmy-le-Hippie. Il avait dû y

* *Ouvre les yeux et regarde autour de toi/Es-tu satisfait de la vie que tu mènes ?*
Tiré de la chanson *Exodus*, extraite de l'album du même nom paru en 1977.

réfléchir toute la nuit, en grillant cigarette sur cigarette. Préparer soigneusement sa sortie, peaufiner durant les longues, très longues heures d'avant l'aube ce testament (?) en forme de mise en scène. Cet effet de manche. À seize ans, on aime claquer les portes et que ça fasse du bruit.

Seize ans moins un jour, exactement. Encore un effet de manche.

Durant les longues, trop longues heures de cette interminable nuit, il n'avait dû penser qu'à ce départ en fanfare, ce coup d'éclat. Une manière comme une autre de faire le vide dans son esprit, de ne pas, surtout pas, évoquer la réalité. Le vertige, le bond dans l'espace. La chute. L'impact, surtout, ce choc fulgurant l'explosant de la tête aux pieds, le démantibulant, le désagrégeant. Et l'éclaboussure rouge, sur le trottoir.

1 >>>

Marie n'arrive pas à parler. Les mots refusent de sortir de sa gorge. À quatre cents kilomètres de là, Maud, le combiné plaqué sur l'oreille, l'interroge en vain :

— Mais enfin, ma chérie, que se passe-t-il ? Qu'as-tu ? Il est arrivé quelque chose ?

Entre deux sanglots, Marie finit par lâcher :

— Cyril... Cyril... Il est m... mort...

— Quoi ? Cyril, ton copain ? s'étrangle Maud.

Un hoquet lui répond. Rien qu'un hoquet, mais plus affirmatif que tous les « oui » de la terre.

L'avant-veille au soir, elle les a laissés en tête à tête devant un reste de cassoulet. « Ne vous couchez pas trop tard, a-t-elle recommandé, ne sortez pas de la maison après dix heures du soir, ne mettez pas la musique trop fort. Le frigo est plein, mais vous trouverez trente euros dans le tiroir du buffet, au cas où. Et si vous avez un pépin, appelez Pierre, il est prévenu. »

Deux têtes – une brune touffue, une blonde aux cheveux coupés très court – se sont sagement inclinées. Si sagement que, chose rarissime, Maud est partie le cœur léger.

Dans la voiture, elle se disait et se répétait – l'innocente ! – : « Il est très bien, ce gosse ! Poli, gentil, propre sur lui... Très différent de la faune que Marie ramène d'habitude ! » Et elle se surprenait à sourire en les imaginant tous deux assis en tailleur sur le lit, elle dans ses jupes indiennes et ses châles effrangés, lui en bermuda découpé aux ciseaux, écoutant les Doors ou les Pink Floyd au milieu des vapeurs d'encens et des relents de patchouli...

Ça les avait pris quelques mois plus tôt, cet engouement pour les *seventies* – ce « retour aux sources », comme disait Marie. « Y en a marre de la violence, de la consommation, de la pollution... avait-elle expliqué à sa mère, un soir de confidences. Marre des médias qui nous bourrent le crâne de conneries ! Les *reality-show*, les *Star Academy*, de la merde, tout ça ! Je ne veux pas devenir une *fashion victim*, moi ! Les babas cool, au moins, avaient un idéal ! Et leur musique, c'était tout de même plus zen que le rap ou la techno ! »

 Durant une bonne vingtaine de kilomètres, Maud a

évoqué avec attendrissement les naïves revendications, émaillées de lieux communs. Après tout, ce « trip »-là en valait bien un autre ! « De toute façon, on n'y coupe pas : le folklore des années soixante-dix revient à la mode tous les dix ans. Ce qu'il véhiculait était tellement séduisant ! On a rarement été aussi loin dans l'utopie... Et le plus drôle, c'est que, du coup, mes parents deviennent les modèles de ma fille ! Moi, ils avaient plutôt tendance à m'irriter, quand j'étais petite ; normal : le fossé des générations... N'empêche, quand j'y repense... La dégaine de ma mère, avec ses robes longues et ses colliers ! Et mon père, en espèce de Jésus-Christ végétarien parlant de paix, de sexe et de fraternité... Des magiciens, des révolutionnaires et des poètes, voilà ce qu'ils étaient avant que la vie – et la maladie – ne se charge de les faire rentrer dans le rang... »

La nuit était tombée depuis un bon moment. L'autoroute du Nord défilait, rythmée par les néons fourmillant de bruine qui dissipaient l'ombre avec une régularité de métronome. Les feux arrière des voitures, cortège de points rouges curieusement mobiles, curieusement autonomes, tavelaient l'asphalte jusqu'à l'horizon.

Deux phares ont balayé l'arrière de la voiture, projetant dans l'habitacle une lumière agressive.

— Passe donc, espèce de... a grommelé Maud en se rabattant légèrement sur la droite.

Les rayons parallèles l'ont doublée. Avec un haussement d'épaules agacé, elle a enclenché l'autoradio, histoire de se sentir moins seule. Puis elle a cherché une station, faisant crachoter un instant les ondes avant de s'arrêter sur Fip. Des fioritures sonores se sont élevées, une voix de soprano.

— Encore un week-end loin de Paris... a soupiré la jeune femme.

Avoir un père handicapé à cinq heures de route de chez soi ne vous simplifie pas la vie. Depuis des années, Maud lui consacre deux jours par mois ainsi qu'à sa mère, que le rôle de garde-malade a vieillie prématurément. Huit cents kilomètres aller-retour pour un dimanche provincial, dans la maison de son enfance, à les écouter s'épancher devant une théière fumante et une tarte aux mirabelles. Et à voir, visite après visite, leur univers se rétrécir, se réduire à quelques gestes quotidiens, quelques habitudes, quelques souvenirs. De moins en moins...

 Au début, Marie l'accompagnait. Cette escapade à

deux ne manquait pas de charme. Elles s'offraient un petit resto en chemin, papotaient comme de vieilles amies, chantaient à deux voix pour que le trajet paraisse moins long. Puis Marie a eu treize, quatorze, quinze ans. Les prétextes pour échapper à la corvée mensuelle se sont additionnés : trop de boulot en classe, une soirée prévue avec les copains, un film à ne pas manquer, un concert, une boum. Ou un simple besoin de solitude et de paresse, de grasse matinée dans l'appartement vide. Bref, maintenant Marie reste à Paris, sous la vague surveillance de Pierre, son père remarié habitant quelques rues plus loin. Et Maud part seule, inquiète, mal dans sa peau, laissant l'adolescente livrée à elle-même un week-end sur quatre.

« C'est marrant, la présence de Cyril me rassure », a-t-elle pensé, tout en accompagnant, d'un tapotement machinal sur le plastique noir du volant, les chœurs sortant du haut-parleur.

Cyril… Drôle de petit bonhomme. Une sorte de farfadet rieur et volubile, entré de plain-pied, quelques semaines plus tôt, dans la vie de Marie – et, par voie de conséquence, dans celle de Maud.

Ça s'est fait du jour au lendemain, sans que rien ne l'ait laissé prévoir. Un soir, Marie et lui sont revenus du collège main dans la main, très graves, plutôt mal assortis. Cyril arrivait à la tempe de sa compagne, et c'était si touchant, cette presque femme au sein déjà lourd, à la hanche charnue, et cet encore garçonnet maigrichon, que Maud avait adopté illico le petit couple. Un amoureux plus mature, plus « mec », dominant sa fille par l'âge ou la stature, l'eût sans doute angoissée. Elle s'en serait méfiée, en tout cas. Comment ne pas redouter l'emprise, sur son enfant, d'un pouvoir autre que le sien, d'une influence qu'on ne contrôle pas?

Cyril était le premier « homme » de Marie. Et cet homme était un enfant.

Ils ont pris l'habitude de dormir souvent ensemble, avec la bénédiction indulgente de Maud. Dormir, juste. Ils ne couchaient pas, pas encore. Marie avait déclaré : « Je ne suis pas prête » avec ce petit air d'excuse qu'elle prend souvent quand elle parle d'elle-même. Aveu reçu différemment par Maud et par Cyril, l'une s'en réjouissant, l'autre s'y conformant un peu à contrecœur mais avec un certain soulagement. Bref, un chaste rapport de grande sœur à petit frère – mais pour combien de temps ? Quand Marie donnerait-elle

le feu vert au farfadet partageant son lit depuis presque un mois ?
« Elle attend son heure… Elle veut rester maître du jeu. Peut-être mettra-t-elle mon absence à profit ? N'aurait-il pas mieux valu que je reste, finalement ?… »
Soupir. Dans les résonances de cathédrale de l'autoradio, Maud a dépassé une aire de repos déserte, éclairée par la lueur sordide de son bloc sanitaire. Un rideau d'arbustes étiques, plantés sur le talus, l'isolait de la route ; ombres chinoises sur fond de clarté blême. « On dirait un décor de mauvais polar… » a-t-elle pensé. Puis, revenant à sa fille : « Que je sois là où pas, qu'est-ce que ça change ? Elle sait ce qu'elle veut et ne fera que ce qu'elle aura décidé de faire. J'ai toujours eu confiance en sa jugeote… À tort ou à raison ? Mystère. À raison, je crois, mais comment savoir ? »
Bah, que craignait-elle, après tout ? Au chevet de Marie, bien en évidence, était posée une boîte de préservatifs…
« Pour une première fois, j'aimerais mieux lui qu'un autre… Pas de danger qu'il la brusque, pauvre gamin : je l'imagine bien, entreprenant les grandes manœuvres, empêtré, gauche, mort de peur. Et elle, l'aidant de son mieux, avec toute la maladresse du monde. Ils

vont s'apprendre l'un l'autre laborieusement, comme deux bons écoliers... »

Les sanglots de Marie emplissent l'écouteur, déchirants, spasmodiques, presque des cris.

— Remets-toi, ma chérie, remets-toi, supplie Maud. Essaie de m'expliquer ce qui s'est passé...

C'est comme une tempête, à l'autre bout du fil. Un ouragan rauque entrecoupé de brefs silences, de fausses accalmies. Enfin, Marie articule :

— Il est tombé, maman...

— Tombé ? Mais où, d'où ?

— Du septième étage.

À nouveau les larmes, en continu cette fois. Impossible d'en savoir plus. En désespoir de cause, Maud abrège.

— J'arrive, ma chérie. Je saute dans ma voiture et, en début d'après-midi, je serai là. Attends-moi, ne bouge pas. Tu tiendras le coup, hein ?

Un borborygme, qu'elle traduit par « oui ».

— Va chez ton père, je te rejoindrai directement là-bas.

C'est le bip-bip qui lui répond. Marie a raccroché. Cinq minutes plus tard, ayant embrassé ses parents consternés, Maud reprend la route, l'estomac en compote.

2>>>

Assise en tailleur sur son lit, dans l'exacte position où Maud l'a imaginée, la veille, en compagnie de Cyril, Marie semble prostrée. Elle ne pleure plus. De temps à autre, un spasme sec soulève sa poitrine, sous le tee-shirt *peace and love* au sigle de la paix. Une suffocation convulsive et bruyante qui la secoue tout entière. Au-dessus d'elle, un immense poster de Jim Morrison, torse nu et sans bras. Cette photo, paraît-il, n'a pu être commercialisée qu'à une condition : que les membres stigmatisés par les piqûres de dope n'y figurent pas. L'amputation, calquée sur celle des éphèbes antiques, ne laisse voir que des moignons d'épaule et tronque les cuisses à hauteur du pubis. Ce cadrage accentue à l'extrême la fragilité du buste juvénile où saille, entre mamelon et nombril, le délicat cerclage des côtes.

« On dirait Cyril... » ne peut s'empêcher de penser Maud.

Un corps à peine pubère, que la virilité n'a pas encore modelé. Et la tête de Marie se détachant dessus, bouffie par le chagrin, les paupières tuméfiées, les cils poisseux, noyée dans les volutes hirsutes de sa tignasse.
La chaîne marche à fond et emplit la pièce de nébuleux accords. Une musique funèbre, au fil de laquelle Marie dérive, les yeux fermés, à peine consciente.
Maud s'installe près d'elle, la prend dans ses bras avec mille précautions. La douleur a raidi la jeune fille, la changeant en statue de glace. Apprivoiser les gros chagrins chauds, c'est du ressort des mères, mais les vraies souffrances leur échappent. Les plaies d'adultes ne se soignent pas avec des baisers, hélas. « Mon bébé... mon trésor... ma petite chérie... », dérisoires mots de maman dont, au fur et à mesure qu'elle les prononce, Maud mesure l'insignifiance et le ridicule. Est-ce ainsi qu'on parle à une femme blessée ?
Certains êtres voient leur chevelure blanchir en une nuit, sous l'effet d'un violent cauchemar. Comme si le temps, éperonné par l'effroi, avait subitement pris le mors aux dents, enfreignant sa propre logique. De combien d'années a vieilli Marie, depuis ce matin ? Quel âge a cette adulte de quinze ans ?
Sous la tendre étreinte, cependant, l'adolescente s'est

amollie. Le visage enfoui dans le cou de sa mère, elle pleure à présent à gros bouillons haletants. Ainsi Maud la retrouve, et retrouve du même coup les gestes qui consolent.

Un long moment passe, à mélanger larmes et caresses. La tempête intérieure s'apaise par étapes. Marie refait lentement surface.

— Explique-moi, ma chérie… implore Maud, quand elle juge sa fille en état de parler.

Celle-ci relève la tête, lui plante dans le visage ses yeux liquides, pleins à ras bord d'un indicible désarroi.

— Il était sur le toit de chez Mathieu et il a perdu l'équilibre…

— Mais… qu'est-ce qu'il faisait là-haut ?

Brève hésitation :

— Je ne sais pas.

— On ne se balade pas dans les corniches sans raison, à moins d'être ivre ou victime d'un pari idiot, voyons ! Que s'est-il passé, hier soir ?

Sous l'avalanche de questions, les yeux de Marie fuient.

— Rien… On a discuté…

— Cyril n'a pas dormi ici ?

— Non, il est parti chez Mathieu vers dix heures et demie. Il avait envie de faire la fête.

— Et toi ?

— Je me suis couchée, j'étais fatiguée...

— Et... quand as-tu appris ?

— Ce matin, Mathieu m'a prévenue. Mais j'avais entendu passer les pompiers, sur le boulevard...

— Il ne t'a pas expliqué ce qui était arrivé exactement ?

— Non, il m'a juste dit que Cyril était tombé...

Un silence. Maud réfléchit. Elle sait ce que cet interrogatoire a de cruel, et n'ose le poursuivre. Pourtant, sa fille lui cache des choses, elle en est convaincue. À certaines intonations, des retenues suspectes, les voix qui dissimulent se trahissent d'elles-mêmes. Celle de Marie est un concentré de mensonges par omission.

Planquée dans ses cheveux – des boucles vaporeuses que Cyril surnommait sa « barbe-à-papa noire » et qui, aujourd'hui, dissimulent ses traits comme un voile de deuil – , Marie fait celle qui n'est plus là.

Au même moment, la sonnerie du téléphone retentit.

3›››

— Allô ?

— Bonjour, je suis Fabienne Lemoine, la maman de Cyril...

La voix est éteinte, atone. Maud la reçoit en plein cœur. Un jet d'adrénaline lui envahit le ventre, elle sent ses jambes se dérober sous elle. Une chaise se trouve à sa portée, elle s'y assied.

C'est la première fois qu'elles se parlent. Lorsqu'il restait dormir avec Marie, Cyril passait un coup de fil à sa mère pour la prévenir, et ils négociaient parfois durant un long moment. Mais jamais l'adolescent n'avait sollicité l'intervention de Maud. Apparemment, Fabienne n'en manifestait pas le désir. La parole de son fils lui suffisait. Elle n'éprouvait ni le besoin de connaître les gens qu'il fréquentait, ni celui de vérifier si l'« alibi » était exact. Pourtant, au hasard de quelques réflexions désabusées, Maud avait cru comprendre que tout n'était pas rose, entre eux.

— Je suis absolument bouleversée par ce que je viens d'apprendre... bredouille-t-elle, consciente de sa lourdeur.

Fabienne ne semble même pas l'entendre et lâche d'une traite :

— Je m'inquiète pour Marie. Je n'arrête pas de penser à elle. Elle a dû subir un tel choc. Veillez sur elle, je vous en prie...

Cette recommandation, ce n'est qu'un prétexte, un message codé de mère à mère. Le rappel de leur condition commune. Elles ne se connaissent pas mais appartiennent à la même caste, et ce qu'éprouve l'une trouve nécessairement des échos dans l'autre.

C'est tout cela que contient cette entrée en matière. L'affirmation d'une solidarité, d'une complicité incontournables. D'un devoir mutuel d'écoute.

La maman de Cyril n'a pas besoin qu'on lui réponde et se fiche des condoléances. Elle cherche juste une oreille pour s'y déverser, vider l'abcès qui l'oppresse jusqu'à l'asphyxie. Pas de cris, pas de larmes, mais mille fois pire : un discours posé, anonyme et totalement décousu. Des bribes de souvenirs alternant avec des questions, des relents d'autocritique aussitôt niés par des protestations d'amour et de bonne foi, des sursauts de révolte, des petits mots tendres. Et cette anecdote revenant sans cesse, comme un leitmotiv : « Vous verriez son chat ! Il tourne dans sa chambre en miaulant sans arrêt, on dirait qu'il a compris. Il est si malheureux que j'ai dû lui donner des calmants. »

Deux heures, à la montre. Deux heures pour déployer l'inexprimable, en un monologue anodin et brouillon. Deux heures sans une interruption, à savoir que de l'autre côté quelqu'un écoute avec ses tripes. Puis Fabienne raccroche sans un au revoir, pour pleurer sans doute. Maintenant qu'elle a tout dit, les larmes peuvent sortir.

Alors Maud s'effondre.

Dans sa chambre, Marie s'est endormie la tête contre le mur, toute droite, sa nuque posée sur le papier glacé du poster. Elle ronfle, la trachée artère encombrée de glaires. Ses cheveux épars font un pagne au Jim Morrison mutilé.

4›››

C'était un mercredi en fin de journée, il y a une quinzaine de jours. Maud a brandi la cassette avec une jubilation intérieure :

— J'ai une surprise pour vous, les mômes !

C'est ainsi qu'elle les appelait : les mômes. Ils ne s'en formalisaient pas. On ne grandit pas à la même vitesse pour tout le monde. Marie, qui exigeait de son entourage qu'il la traite en adulte, se laissait infantiliser par Maud en ronronnant. Cyril, prédisposé à cette attitude par son apparence, également.

— Qu'est-ce que c'est ?

— *Hair*, de Milos Forman.

Les deux adolescents ont dressé l'oreille.

— La comédie musicale des années soixante-dix ? s'est enquis Cyril, intéressé.

— Le film qui en a été tiré dix ans après. Je l'ai vu au cinéma, à sa sortie : c'était superbe ! Des costumes, une musique... Et cette critique acerbe de la guerre du Vietnam... Je suis sûre que ça va vous plaire !

Ça leur a plu, en effet. Emberlificotés dans le même fauteuil, ils ont regardé le film sans moufter. S'en sont imprégnés. Deux papiers buvards absorbant jusqu'à plus soif les rutilances contestataires des hippies d'opérette. À la fin, lorsque la tribu chante devant la tombe de Berger, le pacifiste enrôlé malgré lui dans l'armée, Marie a eu les larmes aux yeux et Cyril s'est mouché. Puis la caméra a balayé le cimetière militaire jusqu'à l'horizon, et des vues de Woodstock se sont superposées à l'étendue de croix blanches, pour se figer sur une explosion de joie et de musique.

— Génial... a baragouiné Marie en extase.

Sa voix tremblotait. Cyril avait la bouche ouverte, avec cette expression d'intense convoitise qu'ont les petits enfants devant la vitrine des pâtissiers.

— Alors, vous avez aimé ? a triomphé Maud. J'ai bien choisi ?

— On remet ça ? a proposé Cyril, pour toute réponse.

Ils se sont repassé la cassette. Et le soir, dans la chambre, ils fredonnaient encore « Aquarius ».

Un coup de sonnette discret tire Maud de sa rêverie. Avant d'ouvrir, elle prend la précaution de fermer la porte de Marie.

C'est Mathieu. Il est blafard. Dans cette pâleur presque jaune, sa grande bouche aux dents mal plantées semble d'une rougeur indécente. Maud le fait entrer.

— Marie dort, précise-t-elle.

L'adolescent a un mouvement de recul et bredouille un : « Je repasserai » presque inintelligible. Mais Maud le retient.

— Comment ça va, mon grand ? demande-t-elle doucement.

Il se balance d'un pied sur l'autre sans répondre, l'œil fuyant.

— Tu... tu étais avec lui quand c'est arrivé ? insiste la jeune femme.

Le garçon fait non de la tête.

— Mais j'ai tout vu, par la fenêtre, ajoute-t-il.

Maud ne peut réprimer un frisson.

— Tu as assisté à sa chute ?

Mathieu a les lèvres si serrées, soudain, que de rouges qu'elles étaient elles sont devenues toutes blanches. Plus blanches encore que le reste du visage. Il continue à se dandiner.

— Non, finit-il par répondre, mais quand j'ai entendu crier les gens, j'ai regardé. Il était couché par terre et il y avait du sang partout. Après, les pompiers sont venus, ils l'ont emporté et ils ont nettoyé le trottoir.

— Quelle horreur... grince Maud.

Mathieu était le meilleur ami de Cyril, son « frère jumeau » comme ils disaient. Ils avaient passé les vacances de février ensemble, chez la grand-mère de Mathieu, à la campagne. Tous les soirs, ils téléphonaient à Marie et elle se tordait de rire. « Ils sont tellement marrants, ces deux-là ! expliquait-elle à sa mère une fois le combiné raccroché. Surtout Cyril ! J'ai jamais eu des copains aussi drôles ! Vivement qu'ils rentrent ! »

C'est sans doute ça qui l'avait attirée, chez le farfadet : cette bonne humeur constante, ces pitreries de chaque instant. « Tout le monde l'adore, dans la bande : quand il est là, on est toujours sûrs de s'amuser ! »

Marie avait voulu ce boute-en-train pour elle toute seule. Momentanément dépossédé, Mathieu s'était montré beau joueur. Sans doute attendait-il avec patience l'inévitable rupture qui lui rendrait son « jumeau ». À quinze ans, si les histoires d'amour ne durent jamais longtemps, les amitiés, elles, sont éternelles.

— Qu'est-ce qu'il faisait sur ce toit ? demande Maud.
Mathieu fixe ses baskets. Il a toujours eu le regard fuyant, mais aujourd'hui plus que jamais. Impossible d'établir le moindre contact.
— J'en sais rien...
— Mais enfin, pourquoi est-il monté là-haut ? Ça se passait chez toi, tout de même... Vous avez dû vous voir, vous parler... Que s'est-il passé *avant* ? Vous avez bu, c'est ça ? Il était saoul ?
— Non, fait le front de Mathieu, oscillant de gauche à droite – un front têtu, sournois et sombre.
Quelque chose monte en Maud, qui ressemble à de la colère. Cette inertie l'exaspère. Une sourde irritation succède à son abattement de tout à l'heure. Elle pose ses deux mains sur les épaules du garçon et secoue la grande carcasse qui la domine d'une demi-tête.
— Enfin, Mathieu, fais un effort ! Je voudrais comprendre...
— Je ne sais pas, je dormais... s'obstine Mathieu.
— Il a quand même sonné, pour monter chez toi, non ? Tu lui as ouvert, il t'a dit quelque chose...
— Y a pas eu besoin : l'interphone ne marche plus depuis au moins une semaine, on peut entrer comme on veut dans l'immeuble.

Elle le lâche. Les flics ont dû l'interroger eux aussi, et il s'en tient à sa déposition. Il se méfie de tout et de tout le monde. Être le principal témoin d'une telle tragédie n'est pas un rôle confortable. Moins il en dira, mieux cela vaudra pour lui. De toute évidence, ses parents l'ont exhorté à la prudence.

Après un vague salut, il repart, voûté comme un vieux. Avec son secret, et les images qui l'habitent.

Maud, le souffle court, imagine la scène. Le garçon penché à sa fenêtre. En bas, son copain, entouré de passants effarés. Le sang a éclaboussé les façades alentour. Ce qui fut Cyril gît, pantin disloqué, la face contre terre. À quoi ressemble-t-on, lorsqu'on s'écrase sur le sol après une chute de sept étages ? À ces défenestrés de cinéma dont le corps a perdu toute logique, bras et jambes tournés dans le mauvais sens ? À un tas de chiffons empli de bouillie ?

Mathieu a vu *ça* ? A regardé *ça* ?

Un gémissement involontaire échappe à Maud. Cette divagation malsaine – et inutile ! – lui a donné la chair de poule. Une nausée la soulève. Elle se morigène, tente de faire le vide dans son esprit, se sert un verre d'eau qu'elle avale d'un trait. La nausée persiste, ainsi qu'un goût amer imprégnant ses papilles.

Un spectacle pareil à quinze ans, s'en remet-on ? Ou vous gangrène-t-il définitivement la mémoire ?
Quelles sortes de cauchemars hanteront désormais les nuits de Mathieu ?

5>>>

Il y a au moins une heure que Maud marche de long en large, harcelée par des questions de plus en plus précises, auxquelles personne ne semble pouvoir – ou vouloir – répondre. L'après-midi n'en finit pas de s'étirer. Un après-midi de dimanche lugubre, au ciel bas, qu'empoisse une bruine impalpable.

Des propos hagards de Fabienne Lemoine, un embryon de récit se détache, pour peu qu'on les remette dans l'ordre chronologique. Maud s'y emploie, les sourcils froncés par la concentration.

Vendredi soir, Cyril n'est pas rentré chez lui. Comme ce n'était pas la première fois, sa mère a pris sereinement la chose. Mais le samedi, pas de nouvelles non plus. Vers onze heures du soir, elle s'est décidée à appeler Marie et Mathieu. Sans succès : chez l'une, elle a laissé sonner en vain, et l'autre lui a affirmé n'avoir pas vu son fils de la journée.

« Il faudra que je demande des explications à Marie... songe Maud. Si j'en crois ce qu'elle m'a dit, à onze heures, elle était à la maison. Pourquoi n'a-t-elle pas répondu ? Se peut-il qu'enfermée dans sa chambre, avec la musique à fond, elle n'ait rien entendu ? »
Toute à ses réflexions, la jeune femme se dirige vers la cuisine pour mettre une bouilloire à chauffer. Deux cuillerées de café soluble, une sucrette de synthèse... Le breuvage mousseux fume bientôt dans sa tasse. Elle en avale nerveusement une gorgée, se brûle. Puis reprend le fil de ses pensées.
De samedi à dimanche, nouvelle nuit d'insomnie pour Fabienne. Cette fois, elle est vraiment inquiète. Vers deux heures du matin, elle se décide à appeler le commissariat. Une voix endormie la rassure vaguement, prend ses coordonnées, l'exhorte à la patience. Aux première lueurs du jour, enfin, son téléphone sonne. C'est Cyril. Il se trouve dans la cabine à côté de chez Mathieu et parle bizarrement.
— Je ne rentrerai plus jamais à la maison, annonce-t-il tout de go. J'en ai marre de toi. Je veux tout laisser tomber, partir en voyage. M'envoler.
Une discussion s'ensuit, une de plus. Ce n'est pas la première fois que le garçon menace de fuguer.

— Pour aller où ? le raisonne sa mère. En province ? À l'étranger ? Tu es mineur, tu n'as ni passeport ni argent. En plus, je te préviens que j'ai averti les flics. Ils te rechercheront et te retrouveront, où que tu ailles.

Mutisme à l'autre bout du fil. Saisie de remords, Fabienne reprend, plus doucement :

— Viens déjeuner, je vais aller acheter des croissants. Nous discuterons de ça en tête à tête. On mettra tout à plat et on essaiera de trouver des solutions, d'accord ?

Toujours pas de réponse. Elle insiste :

— Demain, c'est ton anniversaire… Et tu sais ce que je t'ai acheté ? Je ne devrais pas te le dire, je voulais te faire la surprise, mais tant pis… (Une seconde d'arrêt pour ménager le suspense, puis, d'une voix triomphante :) UN TÉLÉPHONE PORTABLE ! Tu es content ?

Grognement inaudible qu'elle s'efforce de traduire par une approbation.

— Allez, je t'attends ! conclut-elle, certaine d'avoir trouvé l'argument imparable. À tout de suite, mon chéri !

Elle se rue à la boulangerie. Les croissants sont chauds, elle s'en réjouit : Cyril adore ça. Elle met une nappe, deux couverts, prépare du chocolat. Évalue mentalement le temps du trajet de retour. À pied, vingt bonnes minutes. En autobus, la moitié moins – mais le dimanche matin, les autobus sont rares.

Le temps passe, les croissants refroidissent. Le chocolat aussi.

« Mais qu'est-ce qu'il fiche ? » s'énerve-t-elle.

Soudain, la sonnerie du téléphone. Elle se précipite. C'est le commissariat. On vient de ramasser le cadavre de Cyril. D'abord, elle ne saisit pas de quoi il s'agit. Elle fait répéter, demande des explications. Puis, d'un seul coup, comprend. Et hurle.

Maud avale la dernière gorgée de café et le trouve si âcre qu'une envie de vomir la saisit. Reposant la tasse, elle se dirige en automate vers le portemanteau, décroche son imperméable, l'enfile. L'instant d'après, elle est dans la rue.

Elle ne raisonne pas, ne réfléchit plus. Une impulsion plus forte que sa volonté la pousse. À cinq cents mètres, le long du boulevard, se dresse l'immeuble de Mathieu. Et cet immeuble l'attire comme un aimant.

« Partir en voyage, a dit Cyril. M'envoler. » Le cœur de Maud s'accélère. « M'envoler. » Non, elle ne veut pas comprendre. Pas encore. Elle se raidit contre le soupçon qui monte en elle et lui met le feu aux joues.

« M'envoler », tout le monde peut dire ça.

Ensuite, Cyril a grimpé sept étages et *s'est réellement envolé*. Après avoir prévenu sa mère...
Maud accélère le pas. Au fur et à mesure qu'elle approche de l'immeuble, un vertige la saisit. Des images tournent en accéléré dans sa tête. L'enfant dans la cabine téléphonique, tentant une dernière démarche. Appelant au secours. Espérant un mot, une parole, une intonation à laquelle se raccrocher. Puis, n'ayant rien obtenu, reprenant l'ascenseur.
— N'importe quoi ! se morigène-t-elle tout bas. Je suis en train de supposer qu'il a sauté de son plein gré. C'est ridicule et ça ne repose sur rien.
Arrivée au pied de l'immeuble, elle lève la tête. La corniche se détache tout là-haut, sur le ciel tourmenté. Entre ce sommet et le trottoir, une muraille qui n'en finit pas, jalonnée de balconnets.
Comment Cyril est-il tombé ? La tête en avant ? Les bras écartés ? Roulé en boule ? À quoi ressemblait la petite silhouette qui, ce matin, a traversé l'espace : à celle d'un plongeur, ou d'un funambule après un faux pas ?
Maud ferme les yeux, horrifiée. La réponse est venue d'elle-même, incontournable. Une fraction de seconde, elle l'a *vu* bondir, adossé aux nuages. L'illusion a été si forte qu'elle en perd l'équilibre et doit s'appuyer

au mur, le cœur en débandade, ses jambes se dérobant sous elle.

L'instant d'après, elle pousse la porte de fer forgé qui n'offre pas de résistance : la fermeture magnétique est en panne.

6›››

L'ascenseur à claire-voie s'arrête au sixième. C'est le dernier étage habité. Il est pourvu d'un grand miroir mouluré et d'un tapis de velours pourpre, à la mode des années vingt. Sur l'une des sonnettes, le nom des parents de Mathieu : *M. et Mme Zuber.* Les marches montant plus haut sont de dimension réduite. Un pan de mur les dissimule aux yeux des visiteurs.

Maud s'y engage. Sensation oppressante de mettre ses pas dans ceux de Cyril.

Le bruit de ses semelles résonne étrangement dans l'ombre. Nulle fenêtre n'éclaire cette portion d'escalier où la peinture, d'un marron grisâtre, s'écaille par plaque. Le ravalement n'a pas été fait jusque-là.

Parvenue sur le palier supérieur, la jeune femme s'arrête.

Le long du couloir s'alignent des portes dont quelques-unes, entrouvertes, révèlent un amas poussiéreux de vieilleries hors d'usage : meubles bancals, revues et bouquins épars, cartons plus ou moins éventrés. Ce sont les greniers des locataires, et Maud sait, par sa fille, que les Zuber ont transformé le leur en chambre d'amis. C'est là, dans ce réduit pompeusement rebaptisé « studio », que Mathieu organise ses boums.

L'endroit est éclairé par une fenêtre située au bout du couloir et donnant accès au toit. LA fenêtre. Maud s'en approche, le souffle court, avec l'impression de profaner un sanctuaire. Les violeurs de sépultures doivent éprouver ce genre de malaise, les archéologues également, lorsqu'ils pénètrent dans l'empire des morts.

Le silence pèse une tonne. Un silence épais, dense, presque palpable, que les battements de cœur de la jeune femme emplissent de coups de bélier.

Ce qu'elle aperçoit soudain lui coupe le souffle.

À côté de la fenêtre se trouve un renfoncement, plongé dans la pénombre. Par terre, une vingtaine de mégots. Sur le mur, deux vers écrits au feutre bleu, d'une jolie écriture soignée, et signés Jimmy-le-Hippie :

Open your eyes and look within'
Are you satisfied with the life you livin' ?

Maud se mord le poing pour ne pas crier : c'est la voix de Cyril qu'elle vient subitement d'entendre.

Durant un long moment, elle reste paralysée, à lire et à relire la tragique petite phrase. *Es-tu satisfait de la vie que tu mènes?* Faut-il aller chercher plus loin? Dans ces quelques mots, tout est dit.
« Es-tu satisfait de la vie que tu mènes ? » « Partir en voyage, m'envoler. » La genèse d'un suicide.
Quelques minutes plus tard, Maud dévale les escaliers qui mènent au sixième et, d'une main tremblante, sonne à la porte des Zuber.

— Je redoute le pire, dit M. Zuber sombrement. Mathieu est déjà nerveux et renfermé de nature. Cet accident l'a terriblement ébranlé, et nous souhaitons, ma femme et moi, que les choses se tassent le plus rapidement possible.
Lorsqu'il a vu Maud à travers l'œilleton, il a été tenté de ne pas ouvrir. Mais elle était si défaite qu'il a craint qu'elle ne se trouve mal. Il l'a fait entrer avec mauvaise grâce. En pénétrant dans le salon, elle titubait.
Sa femme est arrivée peu après, avec un remontant que Maud a refusé. Elle n'aurait rien pu avaler.
— Je ne vous dérangerai pas longtemps, promet-elle.

Je voudrais simplement savoir ce qui s'est passé. Vous avez été, bien malgré vous, aux premières loges du drame, et...

— La police nous a déjà interrogés, coupe M. Zuber, je ne peux rien vous dire de plus.

— Nous ne sommes pas impliqués dans cette affaire, plaide Mme Zuber avec une pointe d'agressivité. C'est une coïncidence malheureuse. Si nous avions su que ce gosse jouait là-haut...

— Vous n'étiez pas au courant ? insiste Maud.

Mme Zuber passe une main lasse sur son visage. Un visage d'ordinaire très soigné, mais aujourd'hui blafard et dépourvu du moindre maquillage.

— Bien sûr que non ! Il est passé samedi soir à une heure impossible. Sa mère venait de téléphoner, elle le cherchait partout. Mathieu était déjà au lit. Nous aussi, d'ailleurs.

— C'est moi qui me suis levé, reprend son mari. Je lui ai dit de rentrer chez lui, que sa mère s'inquiétait. Il n'a pas insisté. J'étais persuadé qu'il avait obéi.

— Et au lieu de ça, il est allé là-haut... murmure Maud.

Ses interlocuteurs ont un hochement de tête fataliste.

— ... où il a passé la nuit à fumer en ruminant des idées noires... poursuit Maud à mi-voix.

Elle le voit, avec une acuité insupportable, piétinant sur le palier désert, devant la porte que les Zuber refusent de lui ouvrir. « Il avait envie de faire la fête », a dit Marie. Ni dormir, ni rentrer chez lui ; faire la fête. Mais personne n'a voulu faire la fête avec lui. Ne sachant où aller, il est monté jusqu'au « studio ». Cette porte-là aussi était fermée. Alors il s'est installé dans le petit recoin à côté de la fenêtre, et il a fumé, tout seul. Le paquet entier y est passé. S'est-il senti abandonné, rejeté, de plus en plus heure après heure, jusqu'au point d'avoir envie de mourir ?

— Nous n'y sommes pour rien ! assure Mme Zuber. Nous l'avons dit et répété au commissaire. Tout ce que nous voulons, c'est qu'on nous laisse tranquilles.

— Vous comprendrez, ajoute son mari, qu'actuellement, notre seule préoccupation soit de préserver notre fils !

Si Maud comprend !

— Ma fille est dans le même cas, remarque-t-elle. C'est très dur pour ces petits !

— Votre fille n'a pas *vu* le cadavre, riposte aigrement M. Zuber.

7 > > >

— Qu'est-ce qu'on va faire, Pierre ?

Dans son canapé design, la pipe au bec, son chien à ses pieds, le père de Marie réfléchit. Pierre est médecin. La cinquantaine, une barbe grise masquant un menton un peu empâté, c'est l'homme le plus rassurant qui soit. D'ordinaire, il a réponse à tout, relativise les événements et oppose, en toute circonstance, une sérénité sans faille aux coups du sort. Mais là, il a perdu son perpétuel sourire.

Sylvie, sa femme, s'affaire dans la cuisine.

— Je n'en sais rien, dit-il lentement. Ça nous est tombé dessus comme ça, sans crier gare... Qui aurait pu prévoir ?

Le visage de Maud se durcit :

— Nous, sans doute... Toi, moi, les parents de Cyril, son entourage... Il a dû donner des signes, je suppose, faire des appels de phare. Il mûrissait sa décision depuis longtemps peut-être... On n'est jamais assez vigilant !

— Là, je t'arrête tout de suite, se rebiffe Pierre en fronçant les sourcils. Tu ne vas pas nous faire le coup de la culpabilité ! En ce qui me concerne, je n'ai rien à me reprocher. Ce gamin, j'ai dû l'entrevoir une fois entre deux portes, bonjour au revoir, je ne sais même pas à quoi il ressemble.

— Mais moi, je le sais... murmure Maud très bas. Enfin... je le savais, se reprend-elle, il était tout le temps fourré à la maison.

Parler de Cyril à l'imparfait lui est insupportable. Elle s'y efforce pourtant, avec une sorte de hargne, comme pour s'auto-punir.

Pierre lève les yeux au ciel :

— Ce n'est pas le moment de jouer ce jeu-là, tu as mieux à faire qu'à te fustiger. Garde ton énergie pour Marie, elle en a bien besoin !

Maud se tait. Il a raison mais on ne maîtrise pas toujours ses remous intérieurs.

— La pauvre petite va avoir du mal à surmonter cette épreuve... reprend Pierre dans un soupir. Comment l'as-tu trouvée ?

Le soupir de Maud fait écho au sien. Mal, très mal, mais est-ce la peine de le préciser ?

— Déjà, hier soir, elle n'était pas brillante... poursuit-il à mi-voix. Sentait-elle que quelque chose se préparait ?

Maud sursaute.

— Hier soir ? Tu as vu Marie hier soir ?

— Bien sûr, elle a passé la nuit ici. Elle ne te l'a pas dit ?

D'une main fébrile, la jeune femme relève les mèches qui lui dégringolent sur le front. Des mèches semblables à celles de sa fille, en plus courtes, en moins folles.

— Euh... on n'a pas encore eu le temps de parler...

— Elle est arrivée vers onze heures, je m'apprêtais à me coucher. Elle n'avait pas l'air en forme et a demandé à dormir ici. C'est si rare que j'en suis resté estomaqué. Je le lui propose toujours, quand tu t'absentes, mais elle m'envoie promener. Même seule, elle préfère sa chambre.

— Qu'est-ce qui lui a pris ?

— Elle a dû avoir besoin de compagnie. J'ai supposé... qu'elle s'était disputée avec son copain...

Il dit ça en hésitant, comme on lâche une obscénité. Puis il avale sa salive. Sous la barbe grise, sa pomme d'Adam monte et redescend à la manière des ludions.

Subitement, Maud a froid. Pour chasser le soupçon qui l'assaille, elle jette, faussement désinvolte :

— Ça a si peu d'importance, maintenant, ces enfantillages...

Mais inutile de feindre. Une angoisse de même nature que la sienne rétracte Pierre.

— Aïe aïe aïe... On n'est pas sortis de l'auberge... l'entend-elle marmonner entre ses dents.

8›››

Marie s'est réveillée mais n'a pas changé de position. Elle a toujours la nuque sur le bas-ventre de Jim Morrison, tête rejetée en arrière, gorge offerte. L'irruption de sa mère dans sa chambre ne l'arrache pas à ses pensées.

Il y a à peine une semaine que ce poster est là, au-dessus du matelas posé à même le sol et couvert d'une cotonnade péruvienne. Marie décrétait depuis toujours : « Je ne veux rien aux murs. Juste du blanc. Des coussins, des tapis, un rideau de perles devant la fenêtre, mais des murs nus comme dans les temples. » Un soir, pourtant, Cyril s'est ramené, un rouleau sous le bras, arborant une mine de conspirateur. À travers la porte, Maud a entendu sa fille s'exclamer : « Génial ! Oh, il est super, je l'adore ! » Et le chanteur des Doors, l'ange manchot, a pris son essor à la place d'honneur, punaisé dans le plâtre immaculé.

Depuis, il règne sur le gentil univers en désordre.

— Ma chérie… dit Maud, le plus doucement possible.

Elle se rassied au même endroit que tout à l'heure, son épaule contre l'épaule de Marie.

— Pourquoi as-tu dormi chez Pierre, hier ?

L'épaule se crispe légèrement.

— J'avais envie de le voir… C'est interdit ?

— Tu t'étais disputée avec Cyril ?

Marie se contracte comme si sa mère l'avait giflée. Ses larmes jaillissent d'un seul coup, inondant ses joues marbrées de rouge. Elle les laisse ruisseler un long moment puis répond dans un souffle :

— On a rompu.

La foudre s'abattant aux pieds de Maud ne lui ferait pas davantage d'effet. Son sang se retire d'elle. Elle réalise que, depuis le début, elle savait. Elle pressentait cet aveu, le redoutait. Et aurait vendu son âme pour ne pas l'entendre.

Cet aveu et tout ce qu'il implique…

— Rompu… articule-t-elle avec difficulté. (Puis, très bas :) Alors tu crois que c'est un… ?

Elle n'a pas osé prononcer le mot *suicide*, il lui aurait brûlé la langue. À quoi bon, d'ailleurs ? Il est présent, il flotte entre elles, presque tangible. Dans le cerveau

enfiévré de Marie, il doit cogner depuis des heures, comme un battant de cloche.
À nouveau, les sanglots étouffent la jeune fille. Ce dont elle vient de se libérer est si énorme que les vannes de l'écluse s'ouvrent en grand. Le raz de marée la projette dans les bras de sa mère.
— Je ne pouvais pas savoir, maman... Je ne pouvais pas prévoir qu'il réagirait comme ça... En plus, ce n'était pas définitif, on devait juste se séparer quelques jours, prendre des vacances... Réfléchir chacun de son côté... Il voulait qu'on baise, tu comprends... Moi je n'étais pas sûre d'être d'accord : avec lui, ça ne me disait rien...
Elle parle très vite, d'un débit haché entrecoupé de hoquets. Ce ne sont pas des mots, c'est un crachat, un vomissement verbal. Un incompréhensible et poignant bredouillis.
— Si j'avais su, je me serais forcée... Je ne me doutais pas que c'était si important pour lui, sinon j'aurais tout accepté, tout, tout... Il n'avait qu'à me prévenir qu'il allait se tuer, comment j'aurais pu le deviner, moi ?...
Le flot de paroles s'arrête aussi subitement qu'il avait débuté. Marie respire très fort. Elle a encore quelque chose à dire, mais ça ne veut pas sortir. Dans ses pru-

nelles largement ouvertes tournoie une vraie peur. Elle fixe Maud avec intensité.

— Tu ne le diras pas à sa mère, hein, m'man ? Tu ne lui diras rien ? supplie-t-elle enfin.

Sa gorge contractée ne laisse plus passer qu'un mince filet de voix. La demande n'en est que plus bouleversante.

— Je te le jure, ma chérie, souffle Maud. Ça restera entre toi et moi.

Elle serre Marie contre elle, éperdument. Elle voudrait l'absorber par les pores de sa peau, l'enfouir à nouveau dans son ventre, ce bunker de chair, l'abri souverain des enfants-grenouilles... C'est le vieux rêve d'osmose des mères qui craignent pour leur petit. Les poissons guppys, lorsqu'un danger les menace, avalent leur progéniture. Les hamsters aussi. Maud, elle, serre sa fille à l'étouffer. Marie se laisse faire. Cette étreinte est la seule terre ferme dans le marécage où elle barbote.

— Je suis sûre que tu te trompes, affirme Maud. Personne ne se suicide pour une rupture, ni à quinze ans ni jamais. Ce serait trop stupide... Il doit y avoir une autre raison que tu ne connais pas. Quelque chose de bien plus important...

Elle s'interrompt, frappée par la justesse de son propre argument. Elle a affirmé ça au hasard, pour rassurer sa fille. « Il doit y avoir une autre raison », c'était un pieu mensonge pour permettre à Marie de reprendre pied. Et en se l'entendant prononcer, Maud réalise qu'elle vient d'exprimer sa conviction profonde, une évidence que rien désormais ne pourra ébranler.

9›››

Ils sont tous là, on dirait des zombies. Une assemblée de somnambules affalés sur la moquette et sur le matelas, dont la seule fonction semble être d'écouter. L'atmosphère est saturée d'encens, tendance jasmin, et des accords de sitar d'un vieux Harrison de 1969.

Sandra fume une cigarette roulée qui sent le miel. Avec son crâne rasé, son treillis et ses Doc's, elle a un petit air de déportée qui vous serre le cœur. Une allure pathétique d'orpheline juive. Mais ce n'est pas exprès : elle ne fait que suivre une tendance marginale dont elle ignore les ressorts inconscients. Interrogée sur ses motivations, elle répondrait innocemment : « C'est par provoc' ! », sans se demander ce que cette provoc' véhicule, ni pourquoi elle évoque des pans obscurs de l'Histoire.

Mathieu a l'œil perdu dans le vague, et toujours son masque tragique. Zénab suce le bout de sa natte teinte au henné, puis passe le « pinceau » humide sur son menton et sur son cou, les badigeonnant de salive orange. Une manie héritée de sa petite enfance, qui se perpétue presque à son insu lorsqu'elle est contrariée. Salvador et Nino, les frangins brésiliens, si semblables et si disparates – même peau sombre de métis, même regard perçant, fendu, ourlé de cils épais, mais l'aîné porte un catogan à l'Indienne tandis que le plus jeune se tond comme Sandra, dont il est depuis peu le « keum » en titre – compulsent les CD. Franck gratouille sa guitare, en dehors du coup. Il n'a jamais fait partie du groupe. C'est un solitaire, un ermite. La compagnie de son instrument lui suffit, et cette passion exclusive le singularise plus sûrement qu'un look. Lui, n'a aucune recherche vestimentaire : un pull, un jean, des baskets. Sa seule originalité, ce sont les ongles de sa main droite : des griffes de samouraï tout à fait hideuses, destinées à pincer les cordes.

Distraitement, il égrène des notes qui se fondent dans le tempo du morceau distillé par les baffles.

Franck et Marie se connaissent depuis le CP et, malgré des hauts et des bas, en dépit des courants, des contre-courants, des rencontres, des influences, leur amitié perdure. Quand Marie est entrée dans la bande à Cyril – « les Bab's » –, il a pris ses distances. Les circonstances viennent de le ramener.

Maud entrouvre la porte de la chambre. Une bouffée d'atmosphère empoisonnée l'agresse. Mêlés à la fumée, au brouillard d'encens, à la musique, d'autres choses, plus obscures, y stagnent. Des impressions diffuses, larvées. Un amalgame de regrets, de remords, de questions angoissées, de secrets inquiétants, qui évoque à la jeune femme la touffeur vénéneuse des serres tropicales, et la fait reculer d'un pas.

Franck relève la tête, sourit. Un courant d'air frais passe dans la serre. Maud lui rend son sourire et referme la porte. Jamais elle ne s'est sentie à ce point intruse.

Elle prépare un café pour se réconforter et, tout en tournant la cuillère dans sa tasse, tente d'analyser ce qui vient de la troubler si profondément.

Ce groupe d'enfants silencieux lui fait penser à... oui, très exactement à la veillée mortuaire d'une tribu en deuil. Ou mieux : d'une secte pleurant son gourou, sous la grande ombre tronquée du dieu Jim Morrison. Les bandes d'adolescents qui, depuis tant d'années, se réunissent au Père-Lachaise autour de la tombe du chanteur des Doors offrent ce même spectacle de mysticisme languide, de ferveur aphasique et éteinte.

« Dans quoi je m'embarque, là ? se rabroue Maud avec un haussement d'épaules. Je nage en plein délire, ma parole ! La vérité, c'est que je cherche à me déculpabiliser... »
Se déculpabiliser, c'est ça. Nier sa propre responsabilité en « noyant le poisson », comme on dit.
« Mais regardons les choses en face : si j'avais été là, rien ne serait arrivé. Je n'aurais jamais laissé partir ce môme au milieu de la nuit... »
Dans sa tête, elle réinvente l'histoire.
C'est samedi, il est tard. Après une dispute feutrée, Marie et Cyril viennent de rompre. Le garçon sort de la chambre et se dirige vers la porte. Maud est devant la télé.
— Où vas-tu à cette heure-ci ? lui demande-t-elle doucement. Tu retournes chez toi ?
Il ne répond pas. Son visage est fermé à double tour. Intuitivement, la jeune femme sent le danger : on ne lâche pas dans la nature un gosse de quinze ans en détresse, surtout après dix heures du soir.
— Tu n'as qu'à dormir sur le canapé du salon, lui propose-t-elle. Demain, vous y verrez plus clair, Marie et toi. Vous discuterez de tout ça à tête reposée.
Au même instant, le téléphone sonne. C'est Fabienne.

Elle raconte à Maud la fugue de son fils, lui parle de leurs problèmes relationnels. Maud la rassure : elle s'occupe de tout.

Oui, c'est exactement comme ça que les choses auraient dû se passer. Si Maud avait été là. Si Maud n'avait pas laissé Marie et Cyril livrés à eux-mêmes, en minimisant les risques de leur relation. Si Maud n'avait pas manqué de lucidité, d'attention, de rigueur, faisant montre d'une confiance singulièrement proche du désintérêt. Si elle avait rempli son rôle de mère jusqu'au bout...

Si... Si...

Elle ferme les yeux, soupire. À travers le mur, « Aquarius » lui parvient en sourdine. Mais aucune voix d'ado ne reprend le refrain. On ne chante pas lors des veillées funèbres. Seules quelques notes échappées à la guitare de Franck ponctuent les chœurs de vinyle, comme une respiration.

10›››

— Marie ?

La jeune fille laisse en suspens le geste ébauché – glisser le goulot d'une bouteille sous le robinet pour la remplir – et se tourne vers sa mère.

— Oui ?

— Où est le père de Cyril ?

— Je n'en sais rien, il ne m'en a jamais parlé.

Elle repart vers sa chambre avec la bouteille pleine, pieds nus, sa jupe multicolore battant ses chevilles. Quelques secondes plus tard, Sandra sort à son tour.

— Moi je le connais, M. Lemoine, annonce-t-elle. Il habite dans le quartier, pas très loin de chez moi.

Elle se trémousse. L'absence de cheveux accentue sa chétivité, son navrant aspect de petite fille malingre. Elle donne envie de la couver, de la bourrer de vitamines, de la suralimenter. « Ah, si c'était ma fille... »

pense Maud, avant de rectifier avec amertume : « Heureusement pour elle qu'elle ne l'est pas ! »

— Tu pourrais me donner son adresse ?

— Bien sûr : rue Desvignes, au-dessus de la pharmacie. Au cinquième étage. J'y ai été une fois avec Cyril, à l'époque où on sortait ensemble.

— Mais c'est tout à côté ! Comment se fait-il qu'ils ne se voyaient pas, quand Cyril venait ici ?

Sandra ne répond pas, mais hausse les épaules d'un air entendu.

— Ils étaient fâchés ? insiste Maud.

— Ben oui... Normal, il est nul !

Sur cette affirmation péremptoire, l'adolescente s'éclipse.

Restée seule, Maud, perplexe, se mordille les lèvres. Ce qu'elle vient d'apprendre la dérange, mais impossible de dire pourquoi. Est-ce le jugement à l'emporte-pièce de Sandra qui lui fait cet effet ? Non, il s'agit sans doute d'une critique sans fondement, comme en émettent les jeunes à tout propos. Alors ?

Alors, la nuit de samedi à dimanche, pourquoi Cyril, voyant se fermer toutes les portes devant lui, n'a-t-il pas été dormir chez son père plutôt que de traîner dans le grenier de Mathieu ?

— J'en aurai le cœur net ! souffle Maud, empoignant l'annuaire.

— Bonjour madame, c'est gentil de venir me rendre visite.
Le petit bonhomme que Maud a devant elle, c'est Cyril avec trente ans de plus. Un farfadet vieilli. Et triste. Très très triste.
« Voilà exactement ce qu'il serait devenu s'il avait vécu », se dit-elle furtivement. Et cette projection dans un impossible avenir la laisse sans voix. D'autant qu'un malveillant écho ajoute, tout au fond d'elle : « Voilà exactement ce qu'il n'a pas voulu devenir. »
Charles Lemoine est blond et frêle. Il porte le bouc. Son nez, aussi retroussé que celui de son fils, s'orne d'une paire de lunettes d'écaille. Des dartres dessèchent sa peau, par plaques.
— Entrez, je vous en prie, dit-il en s'effaçant devant sa visiteuse.
Appartement immense, clair, méticuleusement rangé. Sur la table, un plateau chargé de médicaments. Aux murs, des photos. Beaucoup. Certaines encadrées,

d'autres simplement scotchées sur le papier peint. Portraits d'enfants, d'une femme – toujours la même, mais à des âges divers –, scènes de vie quotidienne. « Il vit dans un album de souvenirs », pense stupidement Maud. Et elle s'assied sur la chaise que lui tend le petit homme.

— Prendrez-vous quelque chose ? Du thé, du café ? propose ce dernier en débarrassant d'une main preste ses flacons, ses tubes et ses pilules.

— Je veux bien un café, merci.

Il glisse vers la cuisine. C'est un trotte-menu. Ses pieds chaussés de charentaises ne font aucun bruit sur le parquet.

Maud met à profit ces quelques instants de solitude pour tenter de se ressaisir. Les cimes des arbres du square voisin, agitées par le vent, forment un rideau mouvant et vert devant les fenêtres. Passant par les trous du feuillage, un faible soleil de printemps tavelle le mur, et cette alternance d'ombre et de lumière anime les polaroïds d'une curieuse vie fugace. Le temps d'un rayon furtif, la photo devient film, puis la clarté s'estompe et le papier glacé se fige à nouveau.

— Je suis un peu émue, dit Maud, lorsque son hôte

revient, portant une cafetière. Je tenais à vous présenter mes condoléances...

Le petit homme s'assied, remercie. Il est touché de l'attention.

— J'ai pensé, poursuit la jeune femme, que vous aimeriez peut-être...

Elle avale sa salive. Ce qu'elle est venue faire ici lui paraît soudain indigne, indécent. Une intrusion dans la douleur d'autrui. Une sorte de voyeurisme morbide et déplacé.

— ... Euh... connaître les personnes que fréquentait votre fils... Avoir un aperçu de ses préoccupations... Ma fille était... sa petite amie...

Les mots sortent avec difficulté, et Maud, tandis qu'elle les prononce, en mesure l'hypocrisie profonde. Que prétend-elle, avec ses pauvres ruses ? Apporter à cet homme un semblant de réconfort ? Quel mensonge ! Quel minable alibi ! Elle n'est pas là pour donner, mais pour prendre. Pire : pour accuser. Pour observer cet être tragique, ce père torturé, en espérant qu'il lui fournisse un remède à sa propre culpabilité. Qu'il endosse une responsabilité qu'elle renâcle à porter.

Une subite honte lui empourpre le visage. Mais déjà, à mille lieues de ces scrupules, Charles Lemoine s'anime.

— Comme c'est délicat de votre part... Cela me touche

profondément ! s'exclame-t-il avec chaleur. Vous n'auriez pas une photo de votre fille ?

Maud, prise de court, s'excuse. Elle n'a pas pensé à en apporter.

— C'est pour mettre avec celles-là, vous comprenez...

D'un large geste, il balaie les murs de son appartement, puis explique :

— Il y a plus de dix ans que je vis seul. Douze, exactement. Je ne vois jamais personne, je ne reçois pas. Mais j'ai quand même toute ma famille autour de moi...

Une chape de glace sur les épaules, Maud le regarde s'approcher de sa galerie de portraits. Douze ans... Douze ans à vivre dans un musée avec pour seule compagnie des souvenirs immobiles. Des moments dérobés au passé et fixés à jamais sur un bout de carton...

— Regardez comme elle était belle...

La jeune fille qu'il désigne n'a pas plus de dix-huit ans. C'est une brune pulpeuse, un rien vulgaire, dont le minois impertinent s'encadre de frisettes. Elle est debout sur une plage. Sa robe mouillée révèle les formes arrogantes d'un corps un peu courtaud, plein d'une bonne santé juvénile.

— Qui est-ce ? Votre fille ?

— Non, ma femme à l'époque où je l'ai connue. Trois mois plus tard, nous nous mariions...

Il décroche le cliché, le pose au milieu de la table, entre Maud et lui.

— Nous avons été très heureux, reprend-il sans le lâcher des yeux. Puis les enfants sont venus, Lucie et Cyril. Nous nous sommes installés ici...

— Quel âge a Lucie ?

— Dix-huit ans. Mais malheureusement, je n'ai aucun portrait récent d'elle. Ça fait des années que je ne l'ai pas vue. Pour moi, c'est toujours la petite fille au nounours.

Du doigt, il indique une charmante scène de Noël, sur laquelle une fillette étreint un ours en peluche au pied d'un sapin décoré.

— Ne m'en veuillez pas de mon indiscrétion, dit Maud en hésitant, mais... vos enfants, vous n'avez.. (elle bredouille, se reprend maladroitement) ... enfin, vous n'aviez plus aucun contact avec eux ?

— Quasiment. Fabienne les a toujours montés contre moi. Depuis notre séparation, Lucie me fuit comme la peste. Cyril un peu moins. Je l'ai revu il y a deux ou trois ans...

— Et vous n'avez jamais exigé un droit de visite ?

Il hoche la tête de gauche à droite, avec un petit sourire pincé.
— À quoi bon ? On ne peut pas obliger les gens à vous aimer...
— Mais... il ne s'agit pas de gens, il s'agit de vos enfants ! proteste Maud, choquée.
Le petit sourire vire à la grimace.
— Les voilà, mes véritables enfants... murmure M. Lemoine, le menton pointé vers ses photos de famille. Pas ce qu'ils sont devenus...
C'est plus que n'en peut supporter Maud. Elle se lève pour prendre congé, use du premier prétexte qui lui vient à l'esprit :
— Il faut que je rentre, j'ai mon déjeuner à préparer.
En se tournant vers la porte, elle tombe nez à nez avec l'agrandissement d'un Cyril bébé, ceinturé d'une bouée en forme de canard. Le regard, d'un bleu azur, la pénètre jusqu'à l'âme. Il est empreint d'une insoutenable gravité. Est-ce avec ce regard-là qu'on jauge la profondeur d'une chute de sept étages ?
Le petit homme la raccompagne jusqu'au palier, en trottinant.
— Encore merci d'être venue !
C'est dans l'ascenseur que Maud réalise ceci : il n'a pas

une seule fois été question de Cyril. Charles Lemoine n'a fait montre d'aucune curiosité, à propos de son fils. Les causes de sa mort, ce qui a entouré ses derniers instants, ne paraissent pas le tourmenter. Soupçonne-t-il seulement qu'il s'agisse d'un suicide ? La disparition de l'adolescent semble avoir glissé sur lui comme une goutte d'eau sur la pellicule glacée d'une photo.

Est-ce vraiment si étonnant ? Oui et non. Ce n'est pas là une attitude de père, certes, mais le petit homme l'a dit lui-même : il y a si longtemps que, pour lui, ses enfants ne sont plus de chair et d'os mais de papier. D'image. D'évocations. De souvenirs. Toutes choses immortelles...

« Ce pauvre type a pété les plombs... Il se réfugie là-dedans pour fuir la réalité... Pour ne pas souffrir ! C'est pathétique... Pathétique et odieux ! »

Dans la galerie de portraits, personne ne manque. La famille épinglée au mur n'a perdu aucun de ses membres. Elle est même en passe d'en acquérir un nouveau : Marie.

— Ça, pas question ! gronde impulsivement Maud.

À l'idée que sa fille soit, comme Cyril, exposée à l'amour sclérosé du petit homme, elle grince des dents.

11 >>>

Marie n'est pas allée en cours. L'insomnie ne prédispose pas aux études, or sa chambre est restée éclairée toute la nuit. Deux ou trois fois, Maud est intervenue, l'exhortant à éteindre, à tâcher de se reposer quelques heures. Malgré ça, la chaîne a tourné en sourdine jusqu'au petit jour.

Bref, Marie s'est assoupie à l'aube, et sa mère n'a pas eu le courage de la réveiller. D'autant que le collège se trouve à cent mètres à peine du lieu du drame. Des salles de classe, en se penchant, on peut l'apercevoir – ou du moins le deviner, entre les arbres du boulevard.

Il est presque onze heures quand la jeune fille émerge. Maud bouquine sur le canapé du salon.

— Tu n'es pas au boulot, m'man ?

— Il me restait une semaine de congé, je l'ai prise pour rester avec toi.

— Ça, c'est cool...

Avec une expression démentant la désinvolture de ses paroles, Marie s'engouffre dans la salle de bains.

Ce n'est que plus tard, au cours du petit déjeuner – et après avoir longuement tergiversé – que Maud lui narre sa rencontre de la veille.

— Pas étonnant que Cyril ne m'ait jamais parlé de son père, commente la jeune fille avec une sorte d'indifférence. Un barjo... Il ne devait pas en être particulièrement fier !

Puis, à brûle-pourpoint :

— À ton avis, il sait ?

— Quoi donc ?

— Que son fils s'est suicidé ?

Maud tousse pour s'éclaircir la voix :

— Je l'ignore, à vrai dire. Je crois qu'il ne veut pas savoir... Ou alors, il a deviné et il refuse de l'admettre...

La jeune fille hoche lentement la tête.

— Quelle terrible vengeance... murmure-t-elle.

Le mot touche Maud de plein fouet.

— Tu penses que Cyril... (elle avale sa salive) a fait ça pour se venger ? Ce n'était pas plutôt une fuite, un acte de désespoir ?

Marie hausse les épaules, mais à peine. Comme si

elles étaient trop lourdes à soulever. Comme si des tonnes et des tonnes leur pesaient dessus.

— De qui aurait-il voulu se venger ? insiste Maud. De son père ? De sa mère ? De... toi ? C'est ça que tu insinues : qu'il a voulu te faire payer votre rupt... ?

Un coup de sonnette l'interrompt. Lentement, elle se lève pour aller ouvrir. Une surprise l'attend derrière la porte. Dans la demi-obscurité du palier, dont la minuterie n'est pas allumée, quelqu'un pleure à fendre l'âme.

— Sandra, c'est toi ? s'écrie la jeune femme, reconnaissant le petit crâne rasé. Qu'est-ce qui se passe ?

— Elle dit... elle dit... que c'est à cause de moi qu'il est mort... hoquette l'adolescente.

— Qui « elle » ? s'étrangle Maud.

En entendant la voix de sa copine, Marie s'est précipitée.

— Laisse-la d'abord se calmer avant de l'interroger ! intime-t-elle à sa mère.

Elle prend Sandra par les épaules pour l'entraîner à petits pas vers le salon. Ratatinée dans le canapé, la jeune fille se laisse dorloter. Elle a ramené ses pieds chaussés de godillots de récup' sur le bord du coussin et, le front contre les genoux, s'apaise peu à peu. Marie, ayant usé pour son compte personnel tous les

Kleenex de la maison, lui a collé d'office une rouleau de papier hygiénique entre les mains. Bientôt, quatre torchettes roses jonchent la moquette sans que personne ne songe à les ramasser.

— Ça va mieux? s'enquiert Maud, caressant d'une paume maternelle la nuque menue qui s'abandonne.

La nuque s'incline frileusement puis, comme on se jette à l'eau, Sandra lance avec une déchirante gouaille :

— Elle m'accuse de l'avoir tué, la vieille vache !

— Qui ?

— Mme Lemoine, évidemment !

Maud fronce les sourcils :

— Qu'est-ce que c'est que cette histoire ?

— En fouillant dans les affaires de son fils, elle a trouvé une lettre de moi... (Regard de biais à Marie.) Je l'avais écrite à Cyril quand il était mon petit ami... Fallait l'entendre hurler, me traiter de criminelle ! Une vraie folle !

À cette évocation, son visage, pas plus gros qu'un poing, se fripe à la limite de la caricature.

— Il y avait quoi, dans cette lettre ? s'enquiert Marie.

Sandra met un moment avant de répondre. Elle

cherche visiblement ses mots. Une manière comme une autre de différer l'instant de l'aveu.

— Ben... On disait qu'on se flinguerait ensemble...

La stupeur cloue Maud et Marie sur place. Deux statues, deux blocs de marbre. Ce que voyant, Sandra s'empresse d'ajouter :

— Mais c'était il y a très longtemps !

— L'année dernière, tranche Marie. Je m'en souviens très bien, vous étiez tout le temps en train de vous bécoter.

— Vous flinguer ensemble... ? répète Maud, incrédule.

Sandra cligne des paupières comme si, subitement, la lumière lui faisait mal. Un tic de myope, de timide. Le signe évident d'un grand embarras.

— Moi, j'ai déjà essayé plusieurs fois d'en finir, crâne-t-elle, en montrant ses poignets que barrent de vagues cicatrices.

Et, au cas où Maud n'aurait pas bien compris, elle s'empresse de préciser :

— Je me suis coupé les veines !

— Pourquoi as-tu fait ça ?

— J'en avais marre de cette vie de chiotte...

« Des clichés, c'est tout ce qu'ils trouvent pour justifier leurs actes, pense Maud en serrant les mâchoires. Je suis sûre que Cyril, s'il pouvait encore s'expliquer, sortirait les mêmes âneries... »

Une bouffée de rancune la saisit, une brusque envie de secouer cette fillette inconsciente, de la gifler même, histoire de lui remettre les idées en place.

« Ils ne mesurent pas la portée de leurs actes, et n'ont aucune notion des dégâts qu'ils commettent. Cyril nous a tous bousillés, comme ça, d'un claquement de doigts. Ses parents ne s'en remettront jamais, Marie en gardera des traces indélébiles. Elle va peut-être traîner ce boulet jusqu'à la fin de ses jours. Et pourquoi ? Parce que des petits cons sans cervelle ont voulu jouer avec la mort... »

Le visage de Marie s'est durci, à la limite du supportable.

— T'es complètement malade de l'avoir entraîné là-dedans ! crache-t-elle.

— Ah, tu vas pas t'y mettre toi aussi ! Qu'est-ce que vous avez tous après moi ? Je vous dis que j'y suis pour rien, moi, dans cette histoire ! POUR RIEN ! !

Sandra ne parle pas, elle beugle. C'est un cri viscéral si chargé d'épouvante qu'il saisit Maud au plexus, comme un coup de poing. Maud, pas Marie. Marie a une expression de juge, d'inquisiteur. La protestation, pour déchirante qu'elle soit, ne l'ébranle pas.

— Vous vouliez vous tuer comment ? poursuit-elle, implacable.

L'autre hoquette de plus belle :

— On n'avait pas... encore décidé... Moi, je voulais... faire ça avec des somnifères... lui, il préférait... qu'on saute dans la Seine... sous le métro...

Elle s'arrête le temps de reprendre haleine, puis conclut dans une suffocation :

— Mais de toute façon... y a pas eu besoin...

— Besoin ? coupe Maud. Pourquoi « besoin » ?

— Parce que je suis passée en troisième...

Maud n'en croit pas ses oreilles. C'est la chose la plus aberrante qu'elle ait entendue de sa vie !

— Tu veux dire que... vous envisagiez le suicide pour un redoublement ?

Tout en reniflant, Sandra hoche la tête.

— Mes parents voulaient me mettre en pension si je n'avais pas ma moyenne, explique-t-elle.

— Cyril, lui, a redoublé ! siffle Marie.

En quatrième, Sandra avait encore ses cheveux : une courte crinière léonine, d'un joli blond roux. Elle portait des jeans propres et des tee-shirts blancs. Cyril était à peine plus menu qu'aujourd'hui, sans doute aussi joyeux . Maud n'a aucun mal à se les représenter, ces deux gosses préparant leur suicide comme on projette un pique-nique, et se chamaillant sur les modalités. La petite, discrète, romantique, aurait voulu qu'ils s'endorment main dans la main, couchés sur un grand lit. Une fin digne de Roméo et Juliette, laissant aux proches éplorés le souvenir de deux enfants de légende, embarqués dans la traversée d'une éternelle nuit d'amour. Le gamin, lui, préférait un geste spectaculaire, suscitant l'épouvante des témoins, leurs cris d'horreur. Une immolation en place publique, l'accusation par le sang. Avec peut-être, consécration suprême, une retransmission aux infos de vingt heures.

Comme ils ont dû l'attendre – le craindre et/ou le souhaiter –, leur bulletin de fin d'année ! Avec, à la clé, la sentence d'incarcération de Sandra qui devait sceller leur double condamnation... Ce qu'il a dû leur sembler long, le mois de juin !

Qu'auraient-ils fait si le conseil de classe avait proposé le redoublement de Sandra ? Auraient-ils mis leur projet à exécution ? Et lequel des deux l'aurait emporté sur l'autre, dans le choix des armes ?

Sandra a eu son passage. Cyril, non, mais la mort en solo ne le tentait guère...

— Et cette année, il a bien travaillé, au moins ? demande Maud, saisie d'un doute.

Deux têtes pivotent : une touffue à l'extrême, une rase – si touchante :

— Non.

— Bon sang de bonsoir… suffoque Maud.

12›››

Le « bahut », comme dit Marie, est un endroit particulièrement sinistre. L'un de ces vieux collèges construits avant guerre qui s'apparentent à des casernes. Grands couloirs sonores, vastes escaliers pauvrement entretenus, cour de récréation plantée de trois arbres étiques. Comme à chaque fois qu'elle en franchit le portail, Maud rentre la tête dans les épaules, soudain rendue à sa propre enfance.

Le bureau du proviseur se trouve au cœur de la bâtisse, flanqué d'une minuscule salle d'attente sans fenêtre.

Dans l'unique fauteuil de cette antichambre, Maud, assise sur la pointe des fesses, tourne et retourne dans sa cervelle les bribes d'informations glanées ici et là. Il lui semble que chacune d'entre elles éclaire, sous un angle différent, la personnalité complexe de Cyril. Les diamants offrent des surprises de cet ordre :

prismes si simples d'apparence, mais dans les profondeurs desquels le moindre rayon de lumière se fragmente à l'infini.

« Il est un peu tard pour s'en rendre compte », soupire la jeune femme.

Hélas, ce farfadet, comment eût-elle pu le prendre au sérieux ? Discerner, sous son masque de lutin farceur, tant de pulsions obscures, de fascination pour la mort ?

« J'aurais dû l'interroger, le pousser aux confidences, l'écouter. Si seulement j'avais deviné, si mon instinct m'avait avertie du danger... Pourquoi les adultes sont-ils tellement aveugles, à mille lieues des préoccupations des ados ? »

Ce soir-là, il y avait une manif à la mairie du XVIIIe. Suite à une bavure policière – le décès « acccidentel », dans un commissariat de l'arrondissement, d'un jeune Africain de seize ans –, les associations antiracistes avaient appelé à un sitting. Maud s'y rendait quand Marie et Cyril sont rentrés du collège. Elle leur a proposé de l'accompagner. Marie, peu encline à ce genre d'activité, a commencé par refuser. Cyril, par contre,

était intéressé. Il a tant et si bien plaidé sa cause que Marie a cédé.
En chemin, il répétait sans cesse : « Ma première manif ! » Et c'était si touchant, cet enthousiasme puéril, cet émerveillement d'enfant qui « va jouer dans la cour des grands », que Maud s'est laissé prendre au jeu. Elle a raconté mai 68 – qu'à son grand regret, étant trop jeune pour y participer, elle n'avait vécu qu'à travers le témoignage de ses parents.
— Une formidable vague de contestation... Les institutions controversées, les idées reçues et les préjugés balayés... Je ne pense pas que vous vous en rendez compte, mais votre quotidien serait, aujourd'hui, totalement différent – et bien moins confortable –, si cette révolution des mœurs n'avait pas eu lieu !
Au bout d'un moment, Marie a fait la grimace :
— Tu rabâches, m'man... Tes théories là-dessus, on les connaît par cœur !
Mais Cyril s'est interposé.
— Arrête, Marie, moi, ça m'intéresse ! Personne ne m'a jamais expliqué toutes ces choses !
Ils se sont joints aux manifestants silencieux, massés dans la rue Ordener. Cyril s'est assis au bord du trottoir, a sorti sa flûte de son sac à dos et s'est mis à jouer. Un

air très doux, juste un peu de vent dans un roseau. L'hommage d'un petit faune urbain à la victime.

Puis les CRS ont dispersé la foule. Il y a eu des cris de part et d'autre, un début de bagarre. Maud a embarqué ses gamins et ils sont repartis très vite, avant que ça ne dégénère. Cyril, frustré, n'a parlé que de l'échauffourée toute la soirée. Il regrettait de ne pas y avoir assisté.

— Et si tu t'étais pris des coups de matraque, hein ? le semonçait Marie.

S'il s'était pris des coups ? Ç'aurait été pour la bonne cause, pardi !

La porte du bureau s'ouvre et le proviseur apparaît. La quarantaine, une allure décontractée démentie par un visage sec, ascétique, tourmenté à la limite du supportable.

— Entrez, madame.

À peine assis en face d'elle, il se prend le visage dans les mains.

— Tout est de ma faute...

Suit une confession poignante où cet homme – pourtant détesté des élèves pour son intransigeance, sa dureté même – se remet totalement en cause.

Spectatrice quasi intruse de la séance d'autocritique, Maud se fige sur son siège.

— Nous sommes tous responsables de cette mort, affirme le proviseur. Moi en premier lieu, l'équipe pédagogique ensuite. Cet enfant avait déjà redoublé sa quatrième et était en passe de la tripler...

— Je sais, coupe Maud.

— Ses professeur et moi-même, devant son désintérêt pour les études, avons fait preuve d'un inadmissible laxisme. Nous nous sommes, à notre tour, désintéressés de lui. Il ne voulait pas travailler, malgré les avertissements, les exhortations, les promesses ? Eh bien tant pis, qu'il ne travaille pas. Qu'il attende ses seize ans au fond de la classe, en s'occupant comme il voulait. Une exclusion de fait, madame, entendez-vous ? Nous l'avons exclu.

Un silence douloureux, puis le proviseur relève la tête :

— Il était entendu que le jour de ses seize ans, il quitterait l'établissement scolaire. LE JOUR DE SES SEIZE ANS ! Eh bien... (sa voix se brise) ... il l'a quitté.

— Euh... C'est peut-être une coïncidence...

— Il n'y a pas de coïncidence, il n'y a pas de hasard, il n'y a que des conséquences. Ce suicide, c'était la réponse de l'exclu ! Toute faute appelle punition, pour

qu'il y ait réintégration. Or, NOUS N'AVONS PAS SU PUNIR CYRIL. La réintégration lui étant, de ce fait, impossible, l'enfant s'est donc puni lui-même. Et cette punition, paradoxalement, c'était l'exclusion suprême!
À ces affirmations tellement péremptoires, Maud ne sait que répondre. Que disait donc Sandra, à ce propos? « Mes parents voulaient me mettre en pension si je n'avais pas ma moyenne. » Était-il question, dans ce candide discours, d'exclusion ou de punition? Non, juste d'une grosse peur devant cette menace si classique : l'internat.
Mais Sandra n'est pas Cyril. Sandra a travaillé, elle est passée dans la classe supérieure. Cyril, lui, a différé sa mort d'un an. Il a attendu de ne plus être en âge scolaire...
— L'autorité est faite pour qu'on lutte contre elle, martèle le proviseur, et c'est là que nous, détenteurs de cette autorité, n'avons pas rempli notre rôle. Nous n'avons pas su canaliser sa révolte. Sa violence, au lieu d'être dirigée contre nous, s'est retournée contre lui-même. Nous l'avons tué en faussant le système. JE l'ai tué!
Deux coups discrets frappés à la porte troublent le silence revenu.

— Entrez !

Une jeune femme timide se glisse dans la pièce. Comme s'il n'attendait que l'occasion de congédier sa visiteuse, le proviseur se lève :

— Mlle Strauss voudrait vous dire deux mots, annonce-t-il à Maud.

Puis, se tournant vers la nouvelle venue :

— Allez au C.D.I., vous y serez plus à l'aise.

L'instant d'après, Maud arpente à nouveau le grand corridor sonore. Elle connaît Mlle Strauss pour l'avoir entrevue lors des réunions de parents d'élèves. C'est la prof principale de sa fille. La trentaine, une allure effacée, le nez chaussé de lunettes rondes, une dégaine d'institutrice de village telle qu'on la représente dans les films. Marie la trouve sympa. Logique : elle enseigne le français et c'est la matière favorite de la jeune fille.

Une fois installée au milieu des rayonnages de livres, Mlle Strauss déclare :

— Notre proviseur est très affecté par cet accident...

Elle a employé à dessein le mot « accident », mais à la manière dont elle le prononce, Maud saisit aussitôt l'allusion. « Elle sait, elle aussi, pense-t-elle. Ils savent tous. En fait, personne ne s'est fait d'illusions sur cette mort, sauf moi, au début. Mais c'était volontaire : la politique de l'autruche ! »

— ... et il s'en accuse – à tort, me semble-t-il. Je suis persuadée qu'il fait fausse route : les causes du drame se situent ailleurs.

Elle frotte fébrilement ses paumes l'une contre l'autre.

— Je sentais que tout cela allait mal finir... Ce petit groupe me tracassait depuis un bon moment déjà. Il se passait des choses pas nettes, entre eux...

— Quel genre de choses ? interroge Maud, la gorge sèche.

D'un geste évasif, la prof élude la question.

— L'habitude de côtoyer les jeunes a développé chez moi une perception aiguë de leurs problèmes. Je me trompe rarement, en ce qui les concerne. J'ai tiré la sonnette d'alarme, j'ai convoqué les parents de Sandra, qui me paraissait la plus menacée – et également la plus dangereuse...

— Dangereuse ?

— Elle a beaucoup d'influence sur ses camarades. Elle est précoce, exaltée, nerveuse. Je la crois un tantinet mystique. J'ai vu changer Cyril, à son contact. Marie, également.

Ce discours peu clair, ces sous-entendus corroborent étrangement les accusations de Fabienne Lemoine. Maud évoque le minois de déportée rougi par les larmes, les cicatrices stigmatisant ses poignets, et son cœur se serre.

— C'est une pauvre gosse... proteste-t-elle.

— Je suis bien de cet avis, mais cette pauvre gosse a commis de gros dégâts...

— Lesquels ?

— Elle a empoisonné ce petit groupe, au sens figuré... et même peut-être au sens propre !

— Que voulez-vous dire ?

— Je suppute une histoire de drogue...

13›››

Lorsque Maud rentre chez elle, elle tremble de tous ses membres. De la chambre de Marie suintent, comme toujours, de bizarres accords musicaux. Par la porte entrouverte s'échappe un brouillard que la mère renifle avec méfiance. Y distingue-t-elle des fragrances suspectes ? Non, juste d'honnêtes odeurs de tabac blond, mêlées au parfum poivré des beedees, ces petites cigarettes indiennes dont Salvador fait grand usage.

La tribu silencieuse est là, au grand complet. Une vague chair de poule à fleur de peau, Maud laisse errer son regard sur chaque adolescent. Se passe-t-il « des choses pas nettes » entre eux, comme le suggère Mlle Strauss ? Sont-ils « empoisonnés », physiquement et moralement ? Un ferment d'autodestruction a-t-il pris naissance au cœur de ce groupe ?

Sandra et Nino, les jambes emmêlées, partagent le même mégot. On ne dirait pas des amoureux, mais deux naufragés dérivant au gré d'un malheur commun, désespérément cramponnés l'un à l'autre. Salvador, assis en tailleur, offre un masque hautain et impénétrable. Mathieu se ronge les ongles. Agenouillée à côté de Zénab, Marie lui natte les cheveux. Franck gratouille si doucement les cordes de sa guitare qu'elle produit un son inaudible.

Est-ce la tristesse qui les anesthésie ? L'ennui ? Ou leur apathie est-elle d'un autre ordre ?

Toujours cette impression de secte...

De secte ou... de drogués !

— Marie, veux-tu venir un instant, s'il te plaît.

Abandonnant les mèches rouges de sa compagne, la jeune fille se lève, enjambe les corps à demi étendus, se glisse hors de la chambre. L'expression de sa mère la frappe aussitôt :

— Qu'est-ce qui se passe, m'man ? T'as l'air toute drôle !

Maud hoche la tête sans répondre. Elle s'approche de la jeune fille, lui prend le menton. L'oblige à lever la tête, cherche son regard.

— Je voudrais te poser une question, ma chérie. Jure-moi de me répondre la vérité.

Marie cligne des paupières, troublée. Après une légère hésitation, elle promet.
— Est-ce que tu te drogues ?
Maud a lâché le mot de façon si brutale que sa fille se raidit.
— Qui est-ce qui t'a raconté ces conneries ?
— Peu importe, réponds-moi.
Marie hausse les épaules :
— Je tire sur un petit pétard de temps en temps, comme tout le monde... Mais rien de plus...
— Comme tout le monde ? s'étrangle Maud.
— Ben oui, tous les jeunes fument, figure-toi ! C'est pas un crime !
Le sang de Maud s'est changé en glace. L'espace d'un éclair, il lui semble que le voile se déchire : la tribu de zombies, Sandra, hâve et cernée, les hallucinations dues aux stupéfiants, Cyril, dans un état second, se jetant dans l'espace... Oui, tout se tient. Elle pousse un gémissement involontaire.
— Depuis quand... touchez-vous à ça ?
Marie a un geste évasif.
— Je ne sais pas, moi... Un an, peut-être. Mais très rarement : ça coûte cher et ce n'est pas facile à trouver !
— Qui vous procure cette saloperie ?

Nouveau geste évasif.

— Des potes... Mais oh, qu'est-ce que tu me fais comme plan, là ? À quoi tu penses ? À Cyril, c'est ça ?

La jeune fille a sorti ses griffes, d'un seul coup. De dolente qu'elle était, la voilà qui s'emporte.

— T'es complètement à côté de la plaque, m'man ! Il n'était pas défoncé, Cyril. Nous aussi, on y a pensé, figure-toi. C'est même la première chose qui nous est venue à l'esprit. Mais il n'y avait que des clopes, dans le grenier de Mathieu. Juste des clopes et rien d'autre. D'ailleurs, ça fait des semaines qu'on n'avait pas de « matos ».

— De quoi ?

— De matos. C'est comme ça qu'on appelle l'herbe et le shit.

Elle repart, laissant sa mère anéantie.

« Un an... Il y a un an que ça dure et je ne me doutais de rien. Je m'en allais tous les mois, la laissant sans surveillance. Quelle inconscience ! Dès que j'avais le dos tourné, elle rameutait ses copains. Ils avaient la maison à leur disposition, les coudées franches pour leur sale petit trafic... De l'argent, même : j'en laissais toujours, en recommandant à Marie de ne pas s'empiffrer de sucreries... Des sucreries, imbécile que j'étais !!! J'en pleurerais... Qu'est-ce que j'ai fait ? Qu'est-ce que j'ai favorisé ? À force de ne pas vouloir voir le danger, je suis devenue vraiment aveugle... »

Elle bondit sur le téléphone, compose le numéro du cabinet de Pierre.

— Allô ?

— Pierre, il faut que je te parle tout de suite...

— Je suis en pleine consultation... Il y a quelque chose de grave ?

— Oui, très.

— Viens, je te prendrai entre deux clients.

Le temps d'empoigner son manteau, Maud descend les marches quatre à quatre. Dix minutes plus tard, elle pénètre en coup de vent dans la salle d'attente de son ex-mari. Comme d'habitude, celle-ci est pleine à craquer de vieilles personnes.

Pierre est généraliste. Le troisième âge, qui apprécie tout particulièrement sa patience et son sens de l'écoute, compose l'essentiel de sa clientèle. Les papys et les mamies du quartier chantent très haut ses louanges et se refilent son adresse.

En s'excusant, le praticien fait passer Maud avant tout le monde.

— Marie se drogue ! s'effondre celle-ci, à peine entrée dans le cabinet médical.

Pierre fronce ses épais sourcils poivre et sel.

— Qu'est-ce que tu me racontes ?

— Elle vient de m'avouer qu'elle fumait des joints. Pierre, qu'est-ce qu'on va faire ?

Un court silence, durant lequel on n'entend que la respiration de Maud, haletante.

— Tout d'abord, tu vas te calmer, dit Pierre. Inutile de te mettre dans un état pareil. Je parlerai à Marie, mais dis-toi bien que le choc psychologique qu'elle vient de subir m'inquiète autrement plus qu'un peu de fumette...

— Tu es fou ? éclate Maud. C'est ça la cause de tout !

L'apparent détachement du médecin la met hors d'elle.

— J'ai cinquante ans, poursuit ce dernier. En soixante-huit, le cannabis circulait dans les lycées, et j'en ai goûté comme les autres. Pas toi ?

— Bien sûr que non, fait Maud, horrifiée. Moi, j'étais encore à l'école primaire !

— Eh bien, je peux te dire une chose : c'est que ça endort suffisamment pour retirer toute velléité de suicide – surtout par défenestration !

Maud a un haut-le-corps.

— Mais de quoi me parles-tu ? Je t'annonce que ta fille se drogue, et tout ce que tu trouves à répondre, c'est que tu en as fait autant dans ta jeunesse ?
— Je voudrais simplement que tu relativises. Tu as l'air de traiter Marie de toxicomane parce qu'elle t'a avoué fumer des joints. Ne confonds pas, s'il te plaît, c'est déjà assez compliqué comme ça ! Je te répète que j'en discuterai avec elle, je la mettrai en face de ses responsabilités et je lui expliquerai les risques qu'elle court…
— Quels sont ces risques, d'après toi ?
— Un état de fatigue, une apathie qui va certainement perturber ses études et lui enlever tout dynamisme, surtout si elle en abuse. Sans compter les dangers pulmonaires liés au tabac.
— C'est tout ?
— Il s'agit bien de shit, n'est-ce pas ? D'aucune autre substance ?
— C'est ce qu'elle m'a dit.
— Je m'en assurerai. La problématique serait bien différente si nous avions affaire à du crack, de l'ecstasy ou de l'acide. Là, ce sont de véritables fléaux qui créent d'irréversibles dégâts dans l'organisme et, pour en revenir à Cyril, peuvent pousser un consommateur

« sous trip » à sauter par la fenêtre ou à se jeter à l'eau. Mais l'autopsie en aurait révélé des traces dans son sang...

— Sa mère n'y a pas fait allusion.

— Sois certaine que, si c'était le cas, elle aurait cherché à éclaircir l'affaire ! Quant à Marie, nous savons toi et moi qu'elle est très perturbée. La seule et unique priorité, à l'heure actuelle – la mienne, mais surtout la tienne puisqu'elle vit avec toi –, c'est de lui maintenir la tête hors de l'eau. Pour ça, elle a besoin de toute ton énergie, de ton calme...

Il retire ses lunettes, les essuie avec la manche de son pull. Maud, que leurs années communes ont familiarisée avec ce langage inconscient, y reconnaît les signes de l'inquiétude – voire de l'angoisse.

— En temps normal, je ne réagirais pas avec ce détachement, tu t'en doutes, poursuit le médecin. Mais nous ne sommes pas en temps normal... Maud, je t'en prie, ne flanche pas ! Il faut aider Marie à s'en sortir, pas l'enfoncer !

En rentrant chez elle tête basse, Maud ressasse ces nouveaux éléments. La réaction de Pierre l'a un peu rassurée – en ce qui concerne les causes du suicide de Cyril, du moins. En revanche, pour ce qui est de Marie et sa tribu, la jeune femme est plus réticente. Elle se promet, désormais, de redoubler de vigilance, et, à toutes fins utiles, de se documenter sérieusement sur les hallucinogènes.

14›››

— Maman...

Mère et fille se sont installées côte à côte sur le canapé, pour une morne soirée. La télé marche, mais aucune d'elles ne suit le programme. Maud lit – ou plutôt tente de s'absorber dans une suite de mots dont elle ne comprend pas le sens, ayant l'esprit ailleurs – et Marie effrange distraitement l'ourlet décousu de sa jupe.

Maud lève la tête. Perdu dans sa forêt de cheveux, le petit visage de noyée tendu vers elle est d'une pâleur d'ivoire.

Un flash. Maud l'imagine, ce petit visage, le cône aux lèvres. Aspirant la fumée, l'œil chaviré. Égaré dans les brumes de la défonce... La nausée lui raidit l'œsophage.

— Oui, ma chérie.

— J'ai quelque chose à t'avouer...

Un bruit léger, léger, une sorte de gazouillis : Marie a déchiré le bord de sa jupe.

Maud referme son livre et le pose sur la table, sans même prendre la peine de marquer sa page.

— Quoi ? souffle-t-elle d'une voix altérée.

— Ben… Les samedis soir, quand tu n'étais pas là, on se réunissait ici et…

— Et ?

— …on communiquait avec les esprits.

Il y a quarante-huit heures, devant un tel aveu, Maud aurait éclaté de rire. Le spiritisme lui a toujours semblé du dernier ridicule. Un divertissement pour veuves hystériques. Mais aujourd'hui, non seulement elle ne rit pas, mais un éclair glacé lui strie la colonne vertébrale.

— C'était Zénab le médium, poursuit Marie. Sa grand-mère est voyante, elle tire les cartes et dit la bonne aventure. Paraît que c'est héréditaire, ce don. Au début, elle ne voulait pas, mais Cyril et Mathieu ont tellement insisté qu'elle a fini par accepter. On faisait ça chez moi parce qu'on était tranquilles, et aussi à cause de la table du salon qui a juste la bonne dimension.

À la télé, un quelconque présentateur accueille une vedette à la mode. Les applaudissements crépitent. D'un doigt agacé, Maud zappe et tombe sur de la pub. La banalité de l'image la rassure, mais elle coupe néanmoins le son.

— Qu'est-ce que vous faisiez exactement, durant ces séances ?

— On restait dans le noir avec juste une bougie allumée, et on posait un verre retourné sur la table. À côté du verre, il y avait une grande feuille avec toutes les lettres de l'alphabet. On s'asseyait autour en se tenant les mains, et on se concentrait. Au bout d'un moment, la table se mettait à bouger. Alors, Zénab posait une question et le verre répondait en glissant vers les lettres.

Tandis que sa fille raconte, Maud voit se dérouler la scène comme si elle y était.

La pénombre, à peine trouée par la flamme tremblante. Les sept enfants en cercle, inquiets, fébriles, pouffant à chaque instant pour se donner contenance. Zénab réclamant le silence d'un air inspiré, puis l'ayant obtenu, appelant d'un ton lugubre : « Esprit, es-tu là ? » Les respirations s'accélèrent, une même trouille comprime tous les ventres. La rouquine ferme les yeux, invite ses compagnons à l'imiter. Les paupières se baissent. Chacun recherche au fond de lui ses plus sombres pulsions, pour les projeter à la surface...

— Mais qu'est-ce qui vous a pris ? Pourquoi faisiez-vous ça ? explose Maud. Tu n'y crois quand même pas, à toutes ces simagrées, hein ?

— Euh... non, évidemment...

— Alors ?

Marie semble sur le point de pleurer, hésite un long moment, renifle. Enfant, elle avait la même expression lorsqu'elle avait fait une sottise. En Maud, l'attendrissement le dispute à une irritation croissante.

— Ben... Cyril voulait savoir ce qu'il y avait de l'autre côté du mur...

La jeune fille a tellement baissé le ton que Maud doit tendre l'oreille.

— Ce qu'il y avait... où ?

— De l'autre côté du mur.

— Quel mur ?

— *The Wall.*

Devant l'expression ahurie de sa mère, Marie s'impatiente :

— *The Wall*, le film sur les Pink Floyd. Tu connais ça, non ? C'est de ton époque...

— Quel rapport ?

La jeune fille a un geste d'agacement. Ces adultes, auxquels il faut toujours tout expliquer !

— C'est comme ça qu'il appelait ce qui était dans sa

tête. Il disait qu'il y avait un truc horrible caché derrière un mur. Quelque chose de très mal qu'il avait fait, et dont il ne se rappelait pas. Des fois, ça le réveillait la nuit, mais il avait beau chercher, impossible de se souvenir. Zénab prétendait que les esprits pouvaient répondre à toutes les questions, sur le passé ou sur l'avenir.

Maud étend les mains, pour endiguer l'insupportable flot de paroles.

— Attends... Est-ce qu'il y en a un, un seul, qui ne soit pas taré, parmi tes copains ? lâche-t-elle maladroitement.

Le visage de Marie se crispe.

— Quand on a des problèmes, c'est logique d'essayer de les résoudre, non ? crache-t-elle avant de s'enfermer dans un mutisme boudeur.

Quelques minutes passent, chargées d'un lourd silence. Maud pense aux adolescents, cherchant dans un au-delà de pacotille les réponses que les adultes n'ont pas su leur donner... Au fantôme rouge qui désormais hantera les nuits de Mathieu... « Fera-t-il du spiritisme pour l'interroger, celui-là aussi ? Pour lui demander s'il a trouvé ce qu'il y avait derrière le mur ? »

Elle passe la main sur ses tempes que comprime une

vague migraine. Il lui semble que plus jamais elle ne pourra sourire. Marie déchiquette méticuleusement le tissu de sa jupe. La grosse horloge d'ébène, accrochée au mur, ronfle ses secondes : tic-tac, tic-tac.

— Et les esprits vous répondaient ? grince Maud, dans le silence.

— Des fois...

— Quand vous aviez fumé un joint ?

— Ça aidait, concède Marie.

15›››

La voix suraiguë de Fabienne Lemoine agresse douloureusement les tympans de Maud :

— C'est intolérable ! De quel droit vous mêlez-vous de nos affaires ?

— Que voulez-vous dire ? Je ne comprends pas...

— Vous avez été voir le père de Cyril... Vous lui avez même promis une photo de votre fille !

— Calmez-vous, je vous en prie... Votre mari est mon voisin, il était naturel que je lui présente mes condoléances. Quant à la photo qu'il m'a réclamée, je vous rassure tout de suite, je n'ai pas l'intention de la lui donner.

La détermination de Maud radoucit légèrement son interlocutrice.

— Cet homme est un malade mental ! assure-t-elle avec véhémence. Un être malfaisant qui n'a cessé de nous persécuter, mes enfants et moi !

— J'ai trouvé, effectivement, son attitude très dérangeante, admet Maud, conciliante. J'ai même regretté d'être allée le voir.

— Trop tard, le mal est fait !

— Quel mal ?

— Il veut que Marie assiste aux funérailles. « Elle fait partie de la famille, prétend-il. Sa place est près de nous, au cimetière. » Mais je m'y oppose, entendez-vous ! Je m'y oppose formellement ! Cette petite doit rester en dehors de tout ça !

Elle se tait une seconde puis reprend, plus sourdement :

— D'ailleurs, si c'était en mon pouvoir, je l'empêcherais lui aussi de venir. Cyril n'aurait pas apprécié sa présence à son enterrement...

— Ils ne se voyaient plus du tout ? s'enquiert Maud (qui connaît déjà la réponse), pour changer le cours de la conversation.

— Cyril détestait son père. S'il lui a quelquefois rendu visite, c'était uniquement pour me contrarier. Et il en revenait toujours la haine au ventre, nié. Charles lui répétait sans cesse qu'il finirait clodo. *Clodo*, c'était son terme. *Clodo*, vous vous rendez compte, un père qui dit ça à son fils ?...

 Maud hoche la tête. Elle repense à la fillette sous le

sapin de Noël, au bébé à la bouée. « La voilà, ma vraie famille, pas ce qu'ils sont devenus (ou deviendront ?). »

— Tout les séparait, poursuit Fabienne Lemoine sur le même ton criard. Cyril travaillait mal en classe alors que Charles avait fait de brillantes études, il s'habillait n'importe comment alors que Charles n'appréciait que le classicisme, il était impertinent alors que Charles prônait la soumission... Bref, chacune de leur rencontre tournait au vinaigre. Une fois – la dernière – cette brute l'a même giflé. C'était bien dans ses manières ! Savez-vous que c'est à cause de ça que je l'ai quitté : parce que j'avais peur pour mes enfants ?

— Il aurait voulu qu'ils soient sages comme des images ? ne peut s'empêcher de commenter Maud.

— Exactement ! Il a toujours souffert de violentes migraines et ne supportait pas le moindre bruit... Vous imaginez l'enfer, élever deux gamins dans ces conditions ?

Maud acquiesce avec perplexité – plus pour ne pas contrarier son interlocutrice que par conviction personnelle. Elle sait par expérience à quel point les griefs s'exacerbent, dans un couple séparé, et comment la mémoire remodèle les souvenirs pour les besoins de la cause. Cela explique pourquoi, lors des confrontations précédant le divorce, chacun des deux conjoints a, en toute bonne foi, sa propre vérité – souvent en complète contradiction avec celle de l'autre. Néanmoins, que le petit homme ait tendance à perdre la maîtrise de ses nerfs ne l'étonne qu'à moitié...

Une fois le téléphone raccroché :

— Mme Lemoine ne veut pas que tu assistes à l'enterrement, annonce-t-elle à Marie.

L'adolescente bondit.

— Eh bien, je me passerai de sa permission ! Si je n'y allais pas, je serais la dernière des salopes ! D'ailleurs, tous les Bab's y seront. Personne ne nous empêchera d'accomplir la dernière volonté de Cyril !

— C'est sa mère, plaide Maud. Elle vient de vivre un vrai martyre...

Dans les yeux de Marie passe un éclair de colère.

— Et moi pas, peut-être ?

— Justement, inutile de retourner le fer dans la plaie ! Cyril aurait sûrement préféré...

— Je sais ce que Cyril aurait préféré, m'man. Il veut qu'on soit tous autour de lui et qu'on chante.

Maud avale sa salive, ce qui produit un petit bruit mouillé, désagréable, dans ses oreilles.

— Comment peux-tu en être sûre ?

— Parce qu'il me l'a dit avant de mourir... IL ME L'A DIT ET JE N'AI PAS COMPRIS LE MESSAGE...
Marie a serré les poings. Elle se dresse devant sa mère, toute longue, toute blême, les narines palpitantes.
— Le soir de notre rupture, avant qu'on ne se quitte, il a encore voulu regarder *Hair*. Et la dernière scène, il l'a repassée trois fois. Trois fois, tu entends. Il disait que c'était beau, tous ces hippies autour de la tombe de Berger, de dos, serrés les uns contre les autres, et qui chantaient. Leur chef était mort, leur chef s'était sacrifié pour l'un d'eux, alors ils chantaient pour lui dire adieu.
Elle s'arrête, essoufflée par la longue tirade, puis s'effondre :
— Et je n'ai pas compris, m'man. Je n'ai pas été capable de comprendre...

Maud n'a pas eu le courage de s'opposer, ni la force. Ou ne s'en est pas senti le droit. Mère et fille ont pratiqué la loi du silence, chacune sachant que l'autre, de toute façon, resterait sur ses positions, et qu'un non-dit valait mieux qu'un affrontement. Quand Marie est partie soi-disant pour le collège, vêtue d'un jean et d'une vieille parka noire, Maud, lâchement, a feint d'avoir oublié la date.

Maintenant, elle tourne en rond.

Dans l'appartement vide, elle va et vient, avec des gestes automatiques dont elle n'a même pas conscience. Les tâches ménagères, si elles occupent les bras, laissent l'esprit disponible. Tandis qu'elle manie balai, torchon et serpillière, la jeune femme réfléchit, passe en revue toutes les informations glanées au cours des derniers jours, les trie, les assemble et les range, suivant une logique qui s'impose d'elle-même.

Les montages des films se font de la sorte. Lorsqu'on visionne les « rushs », ces séquences répétées dix, vingt, trente fois, et tournées dans le désordre, le fil de l'histoire vous échappe. Impossible d'y voir clair dans un fouillis d'images en apparence incohérent. Puis le monteur taille dans la pellicule, élague, raboute, réduit à quelque quatre-vingts minutes les dizaines d'heures de tournage. Et tout devient limpide.

Sur l'écran intime de Maud, des visages se succèdent. Une ronde de gros plans criants de vérité, dont chaque expression la bouleverse. Marie, les yeux noyés : « On a rompu, maman » ; un aveu honteux, déchirant.

Sandra, terrassée par les accusations de Fabienne Lemoine : « Elle m'a traitée de criminelle ! » Le principal du collège, hâve, exalté : « C'est moi qui l'ai tué ! » Mathieu et sa bouche tragique, pourpre, sensuelle dans son masque blafard : « Je l'ai vu par la fenêtre, écrasé sur le trottoir. » Mlle Strauss : « Il se passait des choses pas nettes, dans ce petit groupe. » Charles Lemoine : « Tu finiras clodo, mon fils ! »...

Charles Lemoine ; arrêt sur image. « Un malade mental, a dit Fabienne. Je l'ai quitté parce que j'avais peur pour mes enfants. » Peur de QUOI ? De ses coups ? De son influence ? Ou... de ses gènes ?

Ce choc qu'a ressenti Maud à la vue du petit homme, jamais elle ne l'oubliera. Cyril tout craché ! Une telle ressemblance physique implique-t-elle forcément une ressemblance morale ? La jeune femme frissonne. Cyril, année après année, traquait-il en lui-même, avec épouvante, les prémices d'un déséquilibre héréditaire ?

« Qu'ai-je pensé, déjà, quand Charles Lemoine m'a ouvert sa porte ? Ah oui : Voilà ce que Cyril n'a pas voulu devenir... » La clairvoyance de cette intuition lui donne la chair de poule.

Insensiblement, les rides de Charles Lemoine s'estompent, sa barbe disparaît ainsi que ses lunettes. Cyril se

superpose à son père rajeuni. Leurs deux visages n'en forment plus qu'un. Bonjour, Cyril !
Cyril, cachant sa plaie secrète sous une dégaine de lutin farceur.
Cyril, devant la mairie du XVIIIe, assis en tailleur au milieu de la rue, sa flûte au bec. Peter Pan faisant un sitting...
Fondu enchaîné. Le dessin animé de Walt Disney se substitue aux séquences de la manif. Maud, les mains dans l'eau savonneuse, suscite sans le vouloir le héros de son enfance. Et voit ce héros, debout au bord de la fenêtre, s'envoler pour rejoindre le pays imaginaire, Wendy, les enfants perdus.
Le héros qui ne voulait pas vieillir s'est envolé du septième étage, la veille de ses seize ans.
Où sont Wendy et les enfants perdus ? En route pour le cimetière. Ils veulent aller chanter sur la tombe de leur chef.
Maud, subjuguée, s'est arrêtée de frotter les assiettes. Elle ne voit plus, à présent, que les enfants perdus serrés autour de Marie, basculant sans transition – en même temps que le cercueil dans la fosse – du pays imaginaire dans le monde des adultes. Ce monde qu'à leur insu ils rejettent de toute leur âme, dont le refus

est inscrit sur eux, dans leurs choix, leurs goûts, leurs déguisements. Sandra et Nino, petit couple scalpé, Salvador, Indien solitaire, Zénab l'Orientale, sorcière et magicienne...

Mais aussi Mathieu, du sang plein les yeux. Et Marie, la grande sœur, l'élue de Peter Pan, celle qui l'a trahi.

Peter Pan est mort. Il a fait une chute de sept étages. Lequel de ses amis lui a coupé les ailes ?

— On a rompu, maman...

En étouffant un cri, Maud arrache son tablier. Cinq minutes plus tard, poussée par une impulsion qu'elle ne contrôle plus, elle met sa voiture en marche. Direction le Père-Lachaise.

16›››

Renseignements pris auprès du gardien, tout se passe au funérarium. Cyril est inciné ré, non enterré comme le croyait Marie. Le rituel auquel elle tenait tant n'aura pas lieu.

En hâte, Maud, sillonne les allées bordées de monuments funéraires. Statues, chapelles, pompeux mausolées alternent avec des dalles modestes, ou anonymes. Un vent glacé balaie le cimetière et s'insinue entre les pierres tombales en geignant comme un chiot. Le ciel cotonneux, bas, chargé d'une pluie grasse, écrase la cité des morts de tout son poids. Sans les forsythias qui foisonnent par endroits – éclairs jaunes striant la grisaille ambiante – on se croirait à la Toussaint.

À l'horizon, une colonne de fumée monte droit vers le ciel, épaisse, blanchâtre, et se perd dans les nuages. Maud en ressent un choc d'une telle violence qu'il lui coupe le souffle. « Cyril… c'est Cyril… » s'oblige-t-elle à penser. Et encore : « Cyril n'est plus que ça. » Le cœur au bord des lèvres, elle ralentit sa marche. « Cette fois, bonhomme, tu t'en vas pour de bon. Plus d'attraction terrestre pour briser ton envol ; te voilà transformé en plus léger que l'air. Bon voyage, Farfadet… »

Un sanglot la soulève, qu'elle refoule de son mieux. Pleurer en public lui fait horreur, d'autant qu'elle est ici pour une tout autre raison. C'est de Marie qu'elle doit se préoccuper. De Marie et des enfants perdus. Des vivants, non des morts.

Bientôt apparaît l'immense crématorium, bâtisse curieusement sobre dans l'environnement baroque des tombes. Personne aux alentours, mais un portail grand ouvert d'où s'exhale une musique de circonstance. Maud s'y glisse, franchit une volée de marches, parvient dans une salle qu'occupe une vingtaine de personnes en deuil, toutes debout et silencieuses. Détail horrible : un bruit de fond, sourd et obsédant, vibre dans l'atmosphère. Le *Requiem* de Fauré, distillé par les haut-parleurs, ne suffit pas à couvrir les grondements du four crématoire…

Un rapide coup d'œil : il n'y a ici que des inconnus. La

famille de Cyril murée dans sa douleur. Mais de Marie et de sa tribu, nulle trace.

Maud s'apprête à faire demi-tour quand quelqu'un se retourne, lui fait un signe de connivence, et se détache discrètement du groupe. Un petit homme tout de noir vêtu. Ensemble, ils gagnent la sortie sur la pointe des pieds.

Une fois dehors :

— Vous n'avez pas vu ma fille ? chuchote Maud.

— J'allais vous poser la même question. Je suis absolument outré de la scène odieuse qui vient de se passer.

Le cœur de Maud se décroche.

— Quelle scène ?

Toussotement embarrassé du petit homme.

— Fabienne a fait un scandale et a chassé les gosses. Mais je tiens à dire que je désapprouve formellement son attitude !

— Mon Dieu... Et où sont-ils, maintenant ?

Charles Lemoine a un geste d'ignorance. Ils sont partis, c'est tout. La tête basse, sans même protester. Sept mômes désemparés sur lesquels une mère vomit sa rancune et son désespoir. Ils sont partis, serrés les uns contre les autres comme des moineaux frileux.

— Dans quelle direction ? insiste Maud.

Le petit homme indique les profondeurs du cimetière :

— Par là…

Puis il s'excuse : il doit reprendre sa place dans la cérémonie. Il est le père, n'est-ce pas. Son absence risque de choquer… Maud bredouille un vague remerciement et repart par où elle est venue, une enclume dans la poitrine.

Où ont-ils bien pu aller, ces enfants ? À la maison peut-être, pour y ressasser leur humiliation jusqu'à la nausée ? Maud va-t-elle les retrouver autour du magnétoscope, se passant *Hair* une fois de plus, en hommage au disparu ? Ou, assis en tailleur sous le poster de Jim Morrison, fumant dans cette morne attitude de veillée funèbre qui est la leur depuis plusieurs jours ?

Jim Morrison… Dans la chambre de Maud transformée en chapelle ardente, saturée de vapeurs d'encens et du douceâtre parfum des beedees, il fait figure d'idole morbide.

« J'aurais dû arracher ce poster, pense Maud, saisie d'une brusque pulsion iconoclaste. Ils n'ont pas encore assez de maturité pour assumer ce genre de symbole… » Et, sans crier gare, par l'un de ces mécanismes inconscients qui nous dépassent, une association d'idées s'impose à elle.

— Mais... C'est évident! s'exclame-t-elle, tétanisée. Je sais où ils sont!

Le temps de se repérer – elle connaît la géographie des lieux pour y avoir maintes fois fait des croquis, quelque vingt ans plus tôt, lorsqu'elle était étudiante aux Beaux-Arts –, et elle part en courant.

Plusieurs centaines de mètres avant la tombe de Jim Morrison, le chemin est déjà balisé. Tags et grafs maculent les édifices, ainsi que des petites phrases, souvent truffées de fautes d'orthographe : *«Jimmy, je t'aime» «Jim, mon amour pour l'éternité» «Peace, love and fuck» «Tu es toujours vivant dans mon cœur»*. Sur le mur d'un caveau, Maud déchiffre ce vers tragique, maladroitement calligraphié : *«Death make angels of us all and gives us shoulders as ravens claws»* (La mort fait de nous tous des anges et s'accroche à nos épaules avec ses griffes de corbeau.) Son pouls s'accélère. S'il existe un langage capable d'envoûter la tribu, c'est bien celui-là...

Plus on se rapproche, plus les graffitis se font denses. Bientôt la stèle blanche apparaît, croulant sous sa moisson de fleurs autant que sous une pluie de canettes vides et de mégots. Des voix mal assorties l'environnent, un chœur naïf et bouleversant que soutiennent les accords anarchiques d'une guitare.

Les Bab's au grand complet entourent le monument funéraire, et chantent « Aquarius » pour Jimmy-le-Hippie. On n'interrompt pas une telle cérémonie. Dissimulée derrière le socle d'une statue, Maud observe les sept adolescents rendant un ultime hommage à leur compagnon, par mythe interposé. Elle ne les voit que de dos, mais ces dos expriment tant de choses... Marie se tient cambrée dans une attitude de bravade. On dirait une figure de proue. La bourrasque s'engouffre dans sa chevelure de sauvageonne, la lui rabat sur le visage et la fait tourbillonner tour à tour. Mathieu, le cou rentré dans les épaules, les mains au fond des poches, semble ramassé sur lui-même en un bloc compact. Un roc prêt à affronter tous les éléments, à résister à n'importe quelle érosion. Sandra et Nino, tête contre tête, s'étreignent tant qu'ils peuvent. Salvador et Zénab, enlacés eux aussi, piétinent au rythme de la guitare de Franck, et l'on se demande s'ils dansent ou s'ils tapent du talon sur le sol pour se réchauffer.

Un court silence succède à la fin de la chanson, puis Mathieu fait un pas en avant et prend la parole. Un timbre dur sort de sa grande bouche rouge, plus dure encore.

« Écoutez-moi tous, j'ai quelque chose à vous avouer. J'ai prétendu que je dormais, la nuit qui a précédé le suicide de Cyril. Ce n'est pas vrai. »

Il s'arrête, le temps de juger de l'effet produit. Mais les Bab's ne bronchent pas, figés comme des mannequins de cire.

« J'étais avec lui dans le grenier. »

Tous les regards sont dardés sur lui. Maud, sans le voir, peut imaginer celui de Marie, terrible, les paupières écarquillées et ne cillant pas.

« Il m'a dit qu'il allait sauter, mais je ne l'ai pas cru. J'étais sûr qu'il frimait. Je lui ai juste recommandé de ne pas se rater, pour ne pas rester handicapé.

— Pourquoi tu ne nous a pas prévenus ? l'apostrophe Marie, qui tremble de tous ses membres.

— Je pensais qu'il frimait, je te dis ! Il frimait tout le temps !

— Si tu l'avais cru, t'aurais pu l'empêcher... articule Marie.

Ce n'est pas une question, c'est une affirmation. Mathieu hoche la tête. Sa bouche est crispée comme celle d'un gosse qui va pleurer.

— J'étais crevé, je voulais me coucher. Je n'avais qu'une envie : qu'il rentre chez lui. D'ailleurs, on est descendus ensemble... Je ne me doutais pas qu'il remonterait après...
— T'as déconné, mec, murmure Salvador d'une voix rauque. Fallait pas le laisser, même si c'était de la frime... Nous, on ne l'aurait pas lâché si on avait été au courant, pas vrai vous autres ?
Rumeur d'approbation. Marie sanglote. Mathieu fixe ses compagnons, un morne défi dans le regard.
— Même si vous m'en voulez, il fallait que vous le sachiez. Je ne pouvais pas rester avec ça sur le cœur.
Un coup de vent éparpille les pétales de fleurs fanées qui jonchent le marbre blanc de la stèle. Les feuillages des arbres se répandent en bruissements. Une canette roule sur le gravier avec un frôlement métallique. D'un coup de pied rageur, Salvador l'envoie s'écraser contre un tombeau voisin.
Nino et Sandra se consultent des yeux.
— Puisqu'on en est aux confessions, nous aussi on a quelque chose à avouer, dit Sandra, toujours arrimée à son compagnon.
Leurs crânes tondus demeurent inclinés l'un vers l'autre tandis qu'elle parle. Les deux nuques chétives,

pareillement engoncées dans des foulards fedayins, semblent n'en faire qu'une.

— Samedi soir, vers dix heures, Cyril est passé chez moi. Mes parents étaient sortis, mes frangins aussi. Il n'y avait que nous deux, hein, Nino ? On a jeté un coup d'œil par la fenêtre qui donne sur la rue, on a vu qui c'était et on n'a pas ouvert.

— On voulait rester seuls, précise Nino. Ça nous arrive tellement rarement...

Une pudeur furtive rosit les joues de Sandra, et en même temps, ses prunelles se remplissent d'eau. Un élan la projette vers Marie en larmes.

— Tu ne m'en veux pas trop ?

— Tu ne pouvais pas deviner, hoquette Marie. Quand les gens sont paumés, c'est pas écrit sur leur figure. Cyril, il rigolait toujours, même quand il avait envie de crever.

— Ce soir-là, il ne se marrait pas, je te jure... affirme Mathieu d'une voix sourde.

— Forcément, s'effondre Marie : je l'avais viré de mon lit ! Oh, pourquoi j'ai fait ça ? Pourquoi ? POURQUOI ?

Maud n'entend pas cette dernière phrase. Incapable d'en supporter plus, elle s'est éclipsée en douce.

« Si j'avais été là... » se répète-t-elle en arpentant à grandes enjambées les allées du Père-Lachaise.
Si elle avait été là, sûr, le gamin ne serait pas sorti de chez elle. Il n'aurait pas rôdé dans la nuit sans port d'attache, frappé à des portes qui ne s'ouvraient pas, échoué dans ce grenier où l'attendait la mort.
Si elle avait été là, elle aurait agi en mère, en amie. Elle aurait préparé du thé, sorti la boîte de biscuits. Ils auraient grignoté en échangeant des confidences. Cyril se serait vidé l'âme. Sans doute aurait-il parlé de son père, de sa mère, de ses difficultés scolaires. De l'avenir bouché devant lui. « Mais non, mon grand, tu ne finiras pas "clodo" aurait assuré Maud. Tous les mauvais élèves ne dégringolent pas comme ça, voyons ! Même si on n'a pas de diplôme, même si on ne fait pas "carrière", les petits boulots, ça existe, et ça nourrit son homme ! Qu'est-ce que c'est que ce catastrophisme ? » Puis, la soirée se prolongeant, ses rancœurs, ses révoltes, son histoire d'amour avortée seraient venues sur le tapis. Peut-être même, à la faveur d'un instant privilégié, aurait-il abordé la drogue, le spiritisme, ce fameux « mur » derrière lequel se tapissait Dieu sait quoi et dont il cherchait à percer le mystère...

Mais elle n'était pas là… IL AVAIT BESOIN D'ELLE ET ELLE N'ÉTAIT PAS LÀ !
Jamais Maud ne s'est sentie aussi coupable. Coupable d'absence. De non-assistance à personne en très grand danger. Coupable de s'être trouvée ailleurs que là où il fallait. Coupable d'avoir failli à sa mission de mère. Elle grelotte. Le vent la pousse dans le dos, comme une main. Oh, fuir, loin, le plus loin possible d'ici, des odieuses révélations des gosses, des reproches, plus odieux encore, de sa conscience. Vers sa maison, son refuge. Prendre un bain chaud, mettre un disque, oublier…
Oublier ? Quelle illusion, grands dieux ! Dans les allées du Père-Lachaise où elle court à présent, l'ombre du lutin trottine à ses côtés.

17›››

— C'était affreux, maman !

Marie est rentrée seule du cimetière, précédée de peu par sa mère, et a trouvé celle-ci en pleines tâches ménagères, n'ayant, en apparence, pas quitté la maison.

— Mme Lemoine nous a fait une scène abominable…

Faussement étonnée, Maud tend les bras. Sa fille se laisse aller contre elle. En quelques jours, elle a maigri. On sent ses côtes. Ses épaules pointent, décharnées, sous le lainage trop grand. Dans le décolleté du tee-shirt, de profondes salières creusent ses clavicules.

— Elle n'a pas voulu nous laisser entrer, poursuit Marie avec une volubilité fiévreuse. Elle hurlait, on ne comprenait pas la moitié de ce qu'elle disait. Les gens essayaient de la calmer, mais rien à faire. Elle traitait Salvador de dealer, Sandra d'hystérique, Zénab de sorcière. Le père de Cyril en a pris plein les dents, lui aussi…

Avec une sorte de rage, la jeune fille se tiraille les doigts, fait craquer ses phalanges. Très doucement, Maud prend ses mains dans les siennes, les sépare, entreprend de les dénouer. Entre ses paumes caressantes, les petits doigts dociles s'abandonnent.

— Ils se sont disputés ?

— Comme des chiffonniers. Mme Lemoine lui a jeté des insultes à la gueule, l'a traité d'assassin...

— Et lui ?

— Lui, il répétait : « Tu m'as pris mes enfants ! Tu as tué Cyril par manque d'amour, et moi aussi, tu m'as tué. C'est toi la criminelle ! »

— Ils ont réglé leurs comptes comme ça, devant tout le monde ? s'effare Maud. « Au-dessus du corps de leur fils », pense-t-elle en aparté. Et elle est tentée d'ajouter : « Quel manque de dignité ! », mais se retient. Dignité et souffrance sont rarement compatibles.

— Oui, répond Marie. Jusqu'au moment où Lucie est sortie pleurer dehors.

— La sœur de Cyril ?

— Oui. Elle est venue nous retrouver. On ne savait pas trop quoi faire, alors on traînait sur le parvis. Je crois que ça l'a soulagée de rester un peu avec nous. Elle est sympa, Lucie.

— Et après ? Où êtes-vous allés ?

Marie se raidit imperceptiblement.

— Après ? On est tous rentrés chez nous, tiens !

Il y a quelque chose, dans la boîte aux lettres. Une banale enveloppe blanche. Dessus, au feutre, le nom de Marie. Pas d'adresse, pas de timbre, juste : *Pour Marie*. Intriguée – et même plus : inquiète –, Maud la tend à sa fille.

Ce sont des photos. Une série de clichés du funérarium, flous, mal cadrés, pris de toute évidence à la sauvette. On y voit la mère soutenue par ses proches, Lucie à genoux, la foule recueillie, la remise de l'urne. Le tout accompagné d'une feuille de papier portant ces simples mots : *Pour que tu assistes quand même à la cérémonie,* signé *Charles*.

18›››

Deux jours plus tard :

« Encore ? Décidément, Marie reçoit beaucoup de courrier, ces temps-ci ! »

Cette fois, l'enveloppe est libellée et timbrée de manière on ne peut plus correcte, et ne présente *a priori* rien d'inquiétant. D'autant que l'écriture n'est pas celle de Charles Lemoine, Maud en mettrait sa main à couper. Pourtant, cette lettre ne lui dit rien qui vaille. Elle la tourne et la retourne dans tous les sens, la soupèse, consulte le cachet de la poste. La flaire, avec une méfiance de chat devant un excrément.

« Qu'est-ce que je fais ? Je l'ouvre ? »

Ouvrir du courrier qui ne lui est pas destiné répugne profondément à Maud, discrète par nature. De plus, elle s'imagine mal remettant à sa fille la missive décachetée ; Marie ne le lui pardonnerait pas.

En proie à un malaise confus, elle lève l'enveloppe vers

la lumière, dans le vain espoir d'en apercevoir le contenu par transparence. On dirait... Oui, c'est ça. Il y a deux choses à l'intérieur. Un feuillet plié en quatre, et un rectangle plus petit... Une photo ? Encore ?!

Une montée d'adrénaline électrise la jeune femme, emportant ses dernières hésitations. Allons, c'est un cas de force majeure... D'une main qui tremble légèrement, elle déchire la languette.

La photo représente un tout petit enfant. Un blondinet de trois ou quatre ans dont le visage porte des traces de coups.

À mon tour d'expédier des photos, dit la lettre. *Celle-ci date du 20 mars 1983, jour de ma séparation avec Charles. C'est moi qui l'ai prise, après avoir quitté le domicile conjugal avec mes enfants. Voilà comment ce « bon père » traitait son fils. Cyril conservait cette photo dans ses affaires. Si je te la fais parvenir aujourd'hui, c'est pour que tu saches qui est Charles Lemoine, et pourquoi je lui voue une telle rancune.*

Fabienne Lemoine

La stupeur cloue Maud sur place. Durant quelques secondes, elle reste bras ballants, le cœur battant à tout rompre. Puis, sans même prendre la peine de replier la lettre, elle l'enfouit dans la poche de sa veste et remonte dare-dare chez elle.

C'est mercredi. Marie, qui n'a pas classe, prend son petit déjeuner sur la table de la cuisine. Maud fonce sur la cafetière, se verse une rasade de café brûlant, l'avale d'une traite.

— Qu'est-ce que tu fais, aujourd'hui, ma chérie ? demande-t-elle, le plus naturellement possible.

— 'Sais pas... Franck doit passer.

Des cernes mauves soulignent ses yeux, et les coins de sa bouche tombent. En quelques jours, elle a désappris à sourire.

« On dirait une vieille... Un petit être prématurément fané... Quel gâchis ! Elle qui était la joie de vivre incarnée ! » se désole Maud intérieurement. Puis elle pense à Fabienne Lemoine, et elle a honte. Sa fille, au moins, est bien vivante !

— Tu as une mine de papier mâché ! constate-t-elle en caressant la joue creusée d'un doigt navré.

Marie hausse les épaules au ralenti sans se donner la peine de répondre.

— Tu ne va pas retrouver les Bab's ?

— Pas envie... Je préfère voir Franck...

Enfin une bonne nouvelle ! Maud saute sur l'occasion :

— Excellente idée ! Ça te fera du bien de te distraire, de cesser de tourner en rond dans tes problèmes. Vous devriez aller au cinéma, cet après-midi. À Bastille, ils donnent *Mafia blues*, paraît que c'est marrant.

— Bof.

Un petit cinoche ? Franck est d'accord. Il secoue Marie, l'entraîne malgré ses réticences. Maud les regarde partir, lui, débordant d'une bonne santé insolente, elle, avec son allure précaire de convalescente, et se dit, en s'efforçant d'y croire : « Elle s'en sortira. Si Franck s'en mêle, elle s'en sortira. Il va la tirer des sables mouvants, il en a la force. »

Franck est un être de passion. La musique l'anime, à la fois moteur et armure. Il est sans cesse en état de création. Parmi les accords et les rythmes qui l'habitent, pas de place pour les langueurs morbides.

Une fois les ados disparus à l'angle du boulevard, Maud sort la lettre de sa poche et s'y replonge.

Cyril conservait cette photo dans ses affaires. La jeune femme lit et relit l'aberrante petite phrase, jusqu'à ce qu'elle bourdonne dans sa tête comme une mouche prisonnière. *Cyril conservait cette photo dans ses affaires.* Peut-être même l'avait-il accrochée à son mur, à la manière de Charles Lemoine. Combien de fois par jour la regardait-il ?

Maud serre les dents. Elle le voit comme s'il était devant elle, compulsant le cliché jusqu'à la nausée. Quelle sorte de haine l'habitait alors, attisée par les rancœurs maternelles ?

Est-ce le bébé battu qui a poussé Cyril dans le vide ?

Cyril a-t-il voulu tuer son père, pour se venger ? En sautant a-t-il assassiné cet homme dont il voyait, jour après jour, se dessiner les traits sur son propre visage, quand il se regardait dans un miroir ?

Maud se secoue. Cette pensée – qui pourtant la poursuit depuis sa rencontre avec Charles Lemoine – lui est soudain odieuse, insoutenable. Parce qu'elle se double d'une brusque certitude : Cyril *a été manœuvré*. Involontairement, certes, mais manœuvré quand même. Car Fabienne n'était pas aveugle. Cette ressemblance ne lui échappait pas – ne pouvait pas lui échapper. Une amie de Maud, divorcée de fraîche date, n'avouait-elle pas récemment : « Le pire, c'est que je retrouve dans mon fils tout ce que je ne supportais plus chez mon mari. C'est MON enfant, et pourtant, il m'arrive de le ressentir comme un ennemi, parce qu'il est SA COPIE CONFORME. »

Qu'a éprouvé Fabienne Lemoine en voyant peu à peu son petit garçon se métamorphoser en l'homme qu'elle haïssait ? A-t-elle feint de ne rien remarquer ou...
... LE LUI A-T-ELLE REPROCHÉ ?
Impulsive comme elle est, elle a dû le lui reprocher...
« Je suis encore en train de me laisser emporter par mon imagination ! » se morigène Maud.
Et, d'un geste impulsif, elle déchire la photo, chiffonne la lettre, et jette le tout dans le vide-ordures.

19›››

Mais la nuit suivante, Cyril est là, près du lit de Maud. Cyril, obsédant farfadet, petit compagnon d'insomnie. Cyril et sa cohorte de questions sans réponses, d'angoissantes hypothèses.
Cyril au pied du mur – *the Wall* – derrière lequel se tapit une horreur sans nom, quelque chose qui l'épouvante mais dont il ignore tout. Un monstre qu'il demandait aux esprits de débusquer, entraînant avec lui, dans les dédales de sa fantasmagorie, six enfants trop impressionnables.
Est-ce le monstre qui a poussé Cyril dans le vide ? Le monstre surgi de derrière le mur, à l'instant ultime ?
Ce monstre est-il la clé de tout ?
Pour l'identifier, il faudrait abattre le mur, le déconstruire pierre par pierre. Mais Maud n'a ni pioche ni masse, aucun outil approprié. Juste ses mains nues.
Elle s'agite, transpire, repousse la couette. L'instant

d'après, elle grelotte et se recouvre. Par une fente du rideau, une tranche de lune apparaît, projetant dans la chambre un rayon opalin. L'échelle de Peter Pan.

« J'ai quinze ans, se dit Maud. Qu'est-ce qui m'effraie ? Quels sont les monstres qui me menacent ? Réponse immédiate : l'avenir. Je travaille mal en classe, on dit de moi que "je finirai clodo". Est-ce ça, l'horreur qui menace Cyril ? Un lui-même déchu ? Un Charles Lemoine en haillons ? »

Insoutenable confrontation : le Cyril d'aujourd'hui rencontre le Cyril de demain et ne se reconnaît pas. La misère et Charles Lemoine réunis dans le même homme, ce n'est pas lui, ce ne peut pas être lui ! Horrifié, l'adolescent se retourne, et se trouve nez à nez avec son passé : le bambin aux hématomes.

Cerné par ces deux-là, n'a-t-il trouvé d'autre échappatoire que de sauter ?

« Je m'égare, là ! »

Maud chasse la terrible image, revient à sa première idée : le clodo brandi maladroitement par Charles Lemoine a-t-il poussé Cyril dans le vide ?

« La peur de l'avenir, oui, peut-être... Mais ils sont des millions à l'éprouver en ce moment, et à y survivre. Pour ce gosse-là, était-elle plus lancinante que pour les autres ? Ou faisait-elle simplement partie d'un faisceau d'effrois convergeant tous vers le même point : cette corniche du petit matin, sept étages au-dessus de la rue ? »

Le mur cachait-il TOUTES les peurs de Cyril ?

Qu'expliquait Marie, l'autre jour, à ce propos ? Maud se creuse la cervelle pour retrouver les termes exacts. *« Il disait qu'il y avait un truc horrible derrière un mur. Quelque chose de très mal qu'il avait fait, mais il ne se rappelait pas quoi. Des fois, ça le réveillait la nuit, mais il avait beau chercher, impossible de se souvenir. Zénab prétendait que les esprits pouvaient répondre à toutes les questions, sur le passé ou sur l'avenir. »*

Maud s'assied dans son lit, allume la lampe de chevet. Boit au goulot d'une bouteille d'eau posée à côté d'elle. Elle a la bouche sèche. Un sang lourd lui irrigue les veines du front, des tempes.

« Qu'avait-il donc commis, ce pauvre gamin ? Quelle abomination, quel crime, pour que ça le hante à ce point-là ? »

Que connaît Maud du passé de Cyril ? Juste une image. Une photo déchirée qui traîne au fond d'une poubelle : celle d'un bout de chou avec des bleus sur le visage.

« Mon Dieu ! »

Sans que rien ne l'ait laissé prévoir, le mur vient d'éclater, comme sous l'effet d'une charge de dynamite. Maud reste abasourdie, terrassée par le souffle.
« J'ai compris... J'ai compris le drame de Cyril... » bégaie-t-elle. Et elle s'aperçoit qu'elle est en sueur.

»

— Ma fille a bien reçu votre lettre, madame Lemoine, ment Maud. J'en ai pris connaissance, ainsi que de la photo qui l'accompagnait.
Un bref silence, à l'autre bout du fil, puis la voix de Fabienne, un peu rauque :
— Alors, vous voyez de quoi il est capable ? Je ne vous avais pas menti en vous mettant en garde contre lui !
— Puis-je vous poser une question ?
— Allez-y.
— Qu'avait fait Cyril pour que son père le frappe ?
Nouveau silence.
— Allô ? insiste Maud, craignant que sa correspondante n'ait coupé la communication.
— Comment voulez-vous que je m'en souvienne ? Une sottise de bébé, un petit caprice... Pourquoi me

demandez-vous ça ? Vous cherchez des excuses à son père ?

La voix, agressive, est montée d'un ton.

— Excusez-moi, se rétracte Maud, je ne voulais pas être indiscrète. J'essayais simplement de replacer cette photo dans son contexte.

Elle prend une profonde inspiration :

— Pourquoi n'avez-vous pas divorcé, madame Lemoine ?

Une seconde passe, deux.

— Allô ? Vous êtes toujours là ?

— Oui, je réfléchissais. Pourquoi je n'ai pas divorcé… C'est un peu difficile à expliquer. Charles s'y opposait, je n'aurais donc pas pu faire jouer le consentement mutuel. Que de tracasseries administratives en perspective ! Il m'aurait fallu entamer une procédure coûteuse, payer un avocat, or j'arrivais à peine à nouer les deux bouts. Et qu'est-ce que ça aurait changé, en fin de compte ? J'avais la garde des enfants, c'était l'essentiel. Pour le reste, retrouver mon nom de jeune fille ou conserver le sien, je m'en fichais…

— Je comprends, dit Maud.

— En ce qui concerne votre question de tout à l'heure,

Cyril me l'a posée aussi, à plusieurs reprises. Que voulez-vous que je lui réponde ?

— Il n'a donc jamais su ce qui avait motivé cette fameuse correction ?

— Non, pas vraiment. Quelle importance ?

— Correction qui, si j'ai bien compris, est la cause officielle de votre rupture...

— Disons que c'est la goutte d'eau qui a fait déborder le vase. Je songeais depuis longtemps à quitter mon mari, mais il me manquait un motif sérieux...

Elle s'interrompt, brusquement choquée par l'interrogatoire.

— Où voulez-vous en venir, à la fin ?

— Désolée...

Maud raccroche en titubant, le feu aux tempes. En quelques mots, toutes les intuitions qui bouillonnaient en elle viennent d'être confirmées. Elle se laisse tomber sur une chaise, les jambes coupées.

Une famille : père, mère, deux enfants.

Un jour, cette famille s'éparpille.

Pourquoi ? Mésentente conjugale ? Incompatibilité de caractère ? Équilibre chancelant du père, l'amenant à s'énerver trop vite sur ses enfants ? Un peu de tout cela, sans doute.

Mais aux yeux du petit Cyril, il n'y en a qu'une, de cause, une seule : la raclée. Or, les parents ne frappent jamais sans raison.
Et qu'avait-il fait pour la mériter, cette raclée ?
Une chose abominable, sûrement ! Si abominable que personne n'a osé la lui révéler. SI ABOMINABLE QU'ELLE A SÉPARÉ SES PARENTS POUR TOUJOURS.
Durant douze ans, Cyril a porté cette certitude en lui. L'embryon de sa mort. Et à la veille de l'âge adulte, il a craqué. Il a mordu le ciel puis s'est écrasé, emportant son secret avec lui.
Si quelqu'un avait pu lui dire : « Ce jour-là, tu avais cassé un verre » ou : « Tu avais déchiré un livre ou « Tu » faisais trop de bruit et ton père avait mal à la tête », Cyril serait-il toujours de ce monde ?

ÉPILOGUE

Longtemps, Marie a écouté parler sa mère. Sans l'interrompre une seule fois. Elle avait rejeté la tête vers l'arrière, avec ses longs cheveux répandus autour. Maud a tout déballé : l'émulation du groupe, le romantisme obscur des seventies, les vapeurs euphorisantes du cannabis, le spiritisme, la rupture, les craintes de l'avenir, le duel familial, le rejet du père, et enfin ce terrible point d'orgue : l'obsédante culpabilité cachée derrière le mur. Une longue liste de mauvaises raisons dont chacune, à des degrés divers, avait poussé Cyril dans le vide.

— Tu as ta responsabilité, dans cette affaire, a conclu Maud. Tout comme j'ai la mienne, et Sandra, et Mathieu, et les Lemoine, et d'autres encore, collectivement. Nous sommes nombreux à pouvoir nous dire :

« J'y suis pour quelque chose. » Mais le mobile de Cyril réside justement dans cette accumulation.

— Qu'est-ce qu'on aurait pu faire ? soupire Marie, dont les cils battent à toute vitesse.

Maud écarte les bras en signe d'ignorance. Alors Marie se tourne vers le poster de Jim Morrison – dont le torse grêle et les côtes saillantes évoquent tant Cyril – et récite lentement : « La mort a fait de lui un ange... » Puis, après un court silence, elle ajoute : « ... et nous a tous déchirés avec ses griffes de corbeau ! »

Dans sa voix tremble une sourde rancune.

L'histoire que vous venez de lire n'est pas un roman, c'est un témoignage. La chronique au jour le jour d'un événement véridique – le plus douloureux, le plus inacceptable qui soit – dont je rédige ici un compte rendu fidèle. Je n'ai rien inventé, ni faits ni personnages, me contentant de retracer, avec le plus de sincérité possible, les émotions d'une mère confrontée à ce drame. C'est également par souci d'authenticité que, chose peu courante dans la littérature pour la jeunesse, le point de vue abordé n'est pas celui d'un adolescent, mais d'un adulte. Car il s'agit d'une enquête que seul un adulte pouvait mener : la traque de la vérité à travers les derniers instants d'un jeune suicidé. Une enquête motivée, non par une curiosité morbide, mais par la nécessité absolue, vitale, de savoir. *De* comprendre. *Ou, du moins, d'essayer.*

Cette enquête, je l'ai personnellement menée. Son but ? Démontrer à ma fille qu'elle n'était pas responsable *de la tragédie qui frappait son copain – ou, du moins, pas plus que chacun de ceux qui l'avaient côtoyé de son vivant. Ce sont mes réflexions, mes doutes, mes peurs que je lui livre ici – que je vous livre, à vous qui avez son âge. Seule l'écriture pouvait rendre possible un tel partage, car entre la page et le lecteur n'interfèrent ni gêne ni préjugés. Les secrets les plus intimes peuvent s'échanger, sans être court-circuités par le poids d'un regard.*

Je n'ai, dans Mordre le ciel, *pas la prétention de démontrer quoi que ce soit. Je ne propose aucune solution, aucune explication rationnelle, aucune réponse aux terribles questions que pose le suicide. C'est un simple constat d'impuissance. Un cri de douleur.*

En mémoire de Cyril.

En mémoire de tous ceux qui, comme lui, ont brisé la vie de leur entourage en croyant ne briser que la leur.

En mémoire de cette « morsure » dont nous garderons tous, à jamais, la cicatrice.

Gudule

GUDULE

« Je suis née en 1945, à Bruxelles, et l'envie de raconter des histoires est apparue, je crois, dès les premiers instants de mon existence. Cette envie a grandi avec moi et s'est concrétisée, au fil des années, par de dizaines de tentatives de romans non aboutis. Jusqu'à l'année de ma sixième, où enfin – enfin ! — mon premier « livre » a vu le jour. Je n'ai plus arrêté depuis. Il n'y a pourtant qu'une dizaine d'années que cette passion est devenue un métier — c'est-à-dire que je vis, comme on dit, de ma plume. »

DANS LA MÊME COLLECTION

J'AI QUATORZE ANS ET JE SUIS DÉTESTABLE
GUDULE

« Marre. Marre des parents, des profs, des copains. Marre de moi, de ma peau. De mon acné. De mes cheveux gras. De ma tronche, toujours la même et toujours aussi moche. Je déteste les miroirs. Je me déteste. J'ai quatorze ans et je suis détestable. »

TRIBAL FLAMMARION

KAÏRA
GUDULE

« — T'es l'auteur d'Hojo-le-rebelle ? j'ai demandé (comme si je ne le savais pas !).

Il a hoché la tête. Juste ça, hoché la tête.

— J'adore ce que tu fais... C'est ce que je lis en premier, dans le journal !

— Merci, a répondu Kaïra. Et il s'est fondu dans la foule.

— Normal, m'a dit Mathilde quand je lui ai raconté, il est toujours comme ça. Il ne parle pas, ne fréquente personne, et on a un mal fou à le sortir de chez lui.

— Drôle de type ! Pourquoi est-il aussi sauvage ?

— Mystère... »

REGARDEZ-MOI
GUDULE

« Ils m'ont choisie, moi, Gina ! Je n'arrive pas à le croire... Sur je ne sais pas combien d'adolescents, c'est moi qu'ils ont retenue. Je vais devenir hyper célèbre : je vais être filmée vingt-quatre heures sur vingt-quatre par la chaîne *Socio-life*, pendant trois mois. Quand on a, comme moi, envie de devenir actrice, on ne peut pas laisser passer une chance pareille ! »

DÉFENSE DE LIRE CE LIVRE
PAT MOON

« Ultra-confidentiel
Défense absolue à toute personne de lire une ligne de ce livre ! Vous aurez été prévenu : Ne lisez pas ! (ou vous risquez de faire des découvertes que vous regretterez !) »

Voilà comment débute le journal intime de Finch, adolescente de douze ans, qui vit entourée de sa mère, de sa grand-mère et de Graeme son lapin, le seul autorisé à lire par-dessus son épaule !

DISPARITION PROGRAMMÉE
ROLAND SMITH

« J'ai été soumis au Dispositif de Protection des Témoins. En termes clairs, nouvelle identité, nouvelle maison, nouvelle école. Et plus aucun contact avec mes anciens amis. Définitivement. Désormais, je n'ai plus de passé. Et rien ne me dit que j'aie un avenir… »

LES COUPS DURS
ELIZABETH LAIRD

« Dès que je tourne la tête des élancements me brûlent comme des flammes. J'ai mal. Partout. Il ne me touche jamais devant les autres. Cette fois, il ne s'est pas donné la peine d'éviter mon visage. Il y est allé de bon cœur, n'épargnant aucune partie de mon corps, à coups de poing, à coup de pied... »

SA SEIGNEURIE
SHAÏNE CASSIM

« – Tu m'appelles Sa Seigneurie en douce ?
– Mince, tu es fâché Simon ?
– Pas du tout. C'est moqueur mais pas méchant. Je crois même que je vais m'autoriser à sourire.
Rose a penché le visage vers moi, j'ai senti sa main sur mon épaule. Puis je me suis comporté de façon scandaleuse.
– Tu embrasses très bien, Ta Seigneurie, a-t-elle chuchoté à mon oreille.
Sa joue s'est posée sur la mienne. Je ne rêvais pas. »

Cet
ouvrage,
a été achevé d'imprimer
sur les presses de l'imprimerie
Maury Eurolivres
Manchecourt - France
en mai 2004

Dépôt légal : octobre 2003.
N° d'édition : 2431. Imprimé en France.
ISBN : 2-08-162431-1
Loi n° 49-956 du 16 juillet 1949
sur les publications destinées à la jeunesse